보림의 숲

일선 스님의 산창일기

보림의 숲

| 일선 |

담앤북스

책을 내면서

세밑 보름의 숲은 하얀 눈으로 온통 차별 없는 하나의 법계를 이루었습니다. 지난 세월을 한 생각 일어나기 이전 참성품으로 돌이키니 일체 죄업이 용광로에 눈 녹듯 흔적 없이 사라지고 한 덩어리 붉은 해가 삼라만상의 머리마다 차별 없이 비추며 찬란하게 떠오릅니다.

비록 사물마다 이름이 다르고 모양이 다르지만 저마다 환희로움으로 춤을 추고 노래 부르며 서로 손을 잡고 참으로 당신이 있어 내가 있는 화엄의 세상이 열림을 찬탄합니다.

사람마다 차별 없이 가지고 있는 보배는 비록 모양과 이름이 없지만 눈앞에 나타나면 온갖 이름과 모양을 나툽니다. 이것이 바로 부처임을 믿고 깨달으면 일체 밖으로 구하는 것을 멈추고 비로소 나의 안심입명처가 되어 서로 다르다고 싸우거나 차별하지 않습니다. 또한 모든 것은 토끼뿔과 같고 거북털과 같아서 이름은 있지만 실체가 없기에 한량없는 자비심으로 여러 이웃들을 숲처럼 평화롭게 감싸주고 길러 줍니다. 이것을 보름이라고 합니다.

많은 사람들이 절을 찾아 부처님께 기도를 올리고 저마다 행복을 발원합니다. 부처님과 마음과 중생인 내가 하나임을 굳게 믿고 한 치의 오차 없이 지극하면 어느덧 행복이란 멀리 있는 것이 아니란 것을 알게 됩니다. 그러다가 날이 가고 달이 깊어지면 절하고 기도하고 참선하는 이 순간에 있음을 몰록 깨달을 것입니다. 이렇게 가까이 있는 행복을 그동안 너무나 멀리서 찾으면서 아까운 세월을 낭비했음에 참으로 회한의 눈물과 함께 기쁨이 솟아오를 것입니다. 이렇게 되면 영원히 변함없는 부처님 세상에 사는 것이고 이 땅이 바로 모든 생명들을 차별 없이 길러주는 보림의 숲으로 극락세계인 것입니다.

인간의 고통은 끝이 없습니다. 생로병사의 고통에서부터 살아가면서 겪는 많은 고통들까지. 많은 청소년들이 학교를 떠나고 있으며 노인 자살률이 해마다 증가하고 있습니다. 또한 실직한 노동자들이 연달아 스스로 목숨을 끊고 올해도 세계적으로 경제 여건이 쉽게 풀리지 않을 것이란 전망 속에서 서민들은 참으로 살기가 어렵습니다.

이렇게 힘든 세상일수록 서로서로 감싸주고 안아주는 숲이 되어 함께 고통을 나누어야 합니다. 그래서 모두가 평화롭고 행복한 공덕림功德林을 이루어야 합니다.

이제 뱀이 묵은 허물을 벗어 버리듯이 탐·진·치 삼독의 허물을 벗고 저마다 본래 가지고 있는 보배를 깨달아 자유롭게 쓰면서 살아야 합니다. 밖에서 얻은 것은 아무리 귀한 것일지라도 언젠가는 허망하게 사라지기 때문입니다. 모든 모양이 모양이 아닌 줄 알면 바로 참모양이 출현하듯이 뱀의 흉측한 모습을 바로 보면 불생불멸의 참지혜가 솟아오를 것입니다. 이것이야말로 영원한 보배입니다.

책이 나오기까지 수고해 주신 불교신문 여태동 기자님과 담앤북스 오세룡 대표님 및 여러 직원들의 아낌없는 성원과 노고에 감사드립니다.

계사년 세밑

보림의 숲에서 일선 합장

물이 흐르고 꽃이 피네

여여부동한 참마음 … 12
수능기도 … 15
청태전 … 18
효심이 불심 … 21
보림사 … 24
선정과 지혜 … 27
보림의 숲 … 31
참선 수행 … 33
내외명철의 전기 … 37
보살행의 실천, 이입사행 … 40
가족들을 부처님처럼 … 43
물이 흐르고 꽃이 피네 … 46
만년의 봄 … 50
자비방생 … 53
본래 고향 … 54
동지 … 58
선 정신 … 61
몸 아닌 몸 … 64
코리안 루트 … 68

바람을 만나서
솔바람으로

간화선의 대중화 … 74

한가위 보름달 … 78

소리의 향연 … 80

참다운 수행처 … 82

태풍 … 85

태풍 전야 … 88

그대와 나는 하나 … 90

새벽안개 … 92

목우가풍 … 94

물의 인연 … 98

구산선문 가지산 보림사 … 101

등불 하나 … 103

서산 대사와 호국호법 … 105

선지식을 찾아서 … 108

무등의 등불 … 110

붉고 검다 … 112

화쟁의 길 … 114

33천 … 118

동백꽃 … 121

자타불이 … 123

꽃보다 사람 … 125

수행의 리더십 … 128

매화 향기 … 131

봄비 … 134

해제일 … 136

청설모 … 138

당신과 나는 하나입니다

구름처럼 … 142

모유 … 144

토끼와 거북이 … 146

기본자세 … 149

첫눈 … 154

길상사 관음상 … 156

구산 선사 기일 … 158

회광반조 … 160

보배의 성 … 162

구지 손가락 … 164

만목청산 … 168

탄트라 … 171

보조 국사 … 176

이 뭣고 … 179

수행의 향기 … 181

개운한 날 … 183

텃밭에서 … 185

상선약수 … 186

반딧불이 … 191

상사화 … 194

감사의 공양 … 196

셋은 하나 … 197

주인공 … 200

해바라기 … 203

화두는 융합 … 204

참말로 … 207

일지암 … 210

붕어빵집 … 212

물이 흐르고
꽃이 피네

지난 가을
게을러서 미처 거두지 못한 들깨밭에
작은 새떼들이
깨처럼 쏟아지며 날아갑니다.
온몸에는
웃음꽃이
번지르르.
가벼워집니다.

여여부동한 참마음

새벽 찬 바람에 처마 끝 풍경이 뼛속 깊이 사무치게 울고 있다. 몰록 혼침昏沈이 가시니 하늘은 더욱 깊어지고 별들은 오롯이 깨어 있다. 동안거가 시작되었다. 그동안 산철에 느슨했던 마음을 다시 백척간두에 세워본다. 또한 무시이래 생사의 바다에 오르내림은 미세유주의 깊은 무명인 아뢰야식(무의식)의 교묘한 장난이니 끝까지 뿌리 뽑지 않으면 나오지 않겠다고 무문관에 방부를 들인 도반스님의 발심에 날카로운 선기를 느낀다.

한때 화려하고 찬란했던 단풍은 모두 뿌리에 내리고 숲은 한가로움으로 무한 금풍을 떨치고 있다. 끝없이 일어났다가 사라지는 생각들을 따라가지 않고 바로 돌이키면 대상에 머물지 않아 바로 여여부동의 성품으로 돌아가기 때문이다.

선거는 민주주의의 꽃이라고 하지만 세상은 지금 대선의 바람에 시끄럽다. 하지만 대선 후보들이 애민 정신으로 국가의 뿌리인 민생의 현장에 신선한 바람을 일으키면 혼란은 도리어 변화의 바람이기에 아름다운 축제가 될 것이다.

후보들은 무엇보다도 국민들을 행복으로 안내하겠다는 선명한 정책 대결을 우선시해야 한다. 그리하여 마침내 남북의 갈등을 해소하고 모든 국민을 화합시키는 여여부동한 지도자가 된다면 이는 보살도의 실천으로 출세간법과 둘이 아니다. 또한 불자들도 적극적으로 투표에 참여하는 대기대용을 일으켜야 한다. 스님들은 출가 정신과 정교분리政敎分離의 원칙에 따라 어느 한 정파에 치우치지 말고 상처 입은 사람들을 차별 없이 따뜻하게 위로하는 보살이 되어야 한다.

하지만 요즈음 몇 스님들은 특정 정파에 가담하여 공개적으로 지지를 표명하고 국민들을 편 가르는데 이는 출가수행자의 본분을 망각한 처사이니 참으로 실망스럽다.

한때 무성했던 것들이 떨어져 뿌리로 다시 돌아가는 것은 생멸生滅 그대로가 적멸寂滅이어서 하나의 법계임을 증명하고 있다. 하지만 범부들은 변화의 모습인 현상에만 집착하여 허무하다는 생각을 일으켜 우울에 빠지기 쉽다. 선거가 끝나고 나면 승패에 따라 많은 사람들이 고통을 받게 될 것이다. 이것은 양변의 갈등에서 벗어나 결과를 겸허히 받아들이지 못하고 과거심에 붙잡혀 새로운 변화를 수용하지 못하기 때문이다. 또한 끝없이 변화하는 가운데 매몰되지 않는 여여부동한 참마음을 모르기 때문이다.

법계의 이치는 이것을 깨달아 보림하고 증득하여 자유자재로 쓰는 것이다. 또한 한 치의 차별 없이 스스로 과보를 받아 깨우치고 때로는 혹독한 인고의 겨울을 거쳐 깨달음으로 들어가게 한다. 그래서 지혜로운 사람은 갈등 그대로의 생멸법에서 대자유를 깨달아 인연을 수용하여 거스르지 않는다.

사람들이 양변의 정파에만 머물지 않고 오직 국민의 행복에 중도일심이 되면 선거 참여가 오히려 좋은 수행이 될 것이다. 왜냐하면 양변의 극한 대립을 통해 서로 양보하고 타협하면서 중도일심을 깨달아 투쟁과 대립에서 벗어나 대통합이 이루어지기 때문이다.

구름을 벗어난 달은 만고에 홀로 밝다.

수능기도

가을비가 흠뻑 내린 뒷산에는 단풍이 곱게 내려오고 있다. 어느덧 부처님의 볼도 붉어졌다. 수능일이 얼마 남지 않았다. 법당에는 수능기도를 올리는 사람들의 지극한 정성이 단풍처럼 붉게 타고 있다. 해마다 이맘때가 되면 절마다 스님들도 함께 치러야 하는 통과의례다.

요즈음 청소년들은 대학 입시를 위한 암기 위주의 교육으로 창의력이 부족하고 사색을 위한 자기 시간이 없다는 것이 큰 병폐로 지적되고 있다. 어른들이 좋은 교육 환경을 만들어 주지 못했기 때문이다. 언젠가 핀란드의 교육 환경을 지인으로부터 듣고 부러워했던 적이 있다.

사람은 인간미 넘치는 감성과 현 상황을 멈추고 지켜보는 지혜가 수레의 두 바퀴처럼 굴러가야 행복감을 느낄 수 있다. 그러나 오늘의 청소년들은 자기가 하고 싶은 공부를 하는 것이 아니라 오로지 수능이라는 관문을 통과하기 위한 목적으로 기계적인 반복 속에 외롭게 방치되고 있어 안타깝다. 그들을 끝까지 보호하고 지켜서 세상의 주인으로 키워 내야 하는 것이 어른들의 몫이기에 이제는 제도를 탓하고 있을 것이 아니라 어떤 활로를 모색해야 한다.

그러기 위해서는 우리 청소년들 자체가 본래 부처라는 사실을 믿고 그들의 의견을 존중하며 끝까지 포기하지 말고 기다려 주는 것이 필요하다. 또한 자녀들도 스스로 본래 부처라는 시각이 확고해야만 한다. 그래야 극한의 상황을 돌파해 갈 수 있기 때문이다. 비록 방황하고 실패해도 본분 자리를 떠날 수 없으니 끝까지 보호하고 지켜 준다면 본래 부처의 몸을 회복하게 될 것이다.

그러나 어른들은 끝까지 지켜보지 못하고 자신들의 욕망을 채우기 급급하여 너무나 많은 간섭을 하고 청소년들의 기를 꺾어 버린다. 청소년들마다 개성이 모두 다르다는 것은 참으로 값진 보배이니, 인내하면서 저들의 개성을 끝까지 지켜 주어야 한다. 이것이 수능을 치르는 자녀들과 함께하면서 부모들이 할 수 있는 참다운 수행이다. 그렇게 존중 받으며 자라난 청소년들은 세상에 빛을 주는 사람으로 성장하여 마침내는 수행자처럼 향기로운 사람으로 살아가게 될 것이다.

수험생을 둔 부모들은 자나 깨나 한결같이 자녀들이 좋은 대학에 들어가길 바라는 일념의 기도를 할 것이다. 올바른 기도의 성취를 위해서는 먼저 자녀와 부모가 평등한 성품 자리를 믿어야 한다. 그러면 비록 나약하고 불안한 마음이 일더라도 본래 자리에 내려놓게 되어 점수에 상관없이 수능을 통과하여 당당히 자신의 길을 선택할 수 있게 된다. 땅에서 넘어진 자가 땅을 짚고 일어나듯 부처를 떠나서 존재할 수 없는 것이 우리 모두의 본질이기에 수능이 오히려 삶의 스승이 되어 인생을 성숙하게 할 것이다.

단풍은 나뭇가지에 머물지 않고 뿌리로 돌아간다.

청태전

아침 햇살에 차꽃이 맑은 향기로 깨어난다.

청태전靑苔錢은 삼국시대부터 1940년대까지 전남 장흥을 중심으로 남해안 일대에 존재했던 우리 고유의 전통 발효차이다. 청태선은 푸른 이끼와 바다의 파래 색을 띠고 엽전처럼 둥글기 때문에 붙은 이름이다.

차를 이야기하면서 빠뜨릴 수 없는 것은 전남 장흥군 보림사 경내에 있는 '보조선사창성탑비'이다. 여기에는 헌안왕이 차와 약을 체징 선사에게 보내왔다는 기록이 있는데 이는 우리나라 금석문의 다사 기록으로 가장 빠른 기록이다. 이것은 선다일미禪茶一味라고 하는 오늘날 절집의 차문화가 구산선문九山禪門의 종찰인 보림사로부터 시작되었음을 시사하고 있다.

차의 덕성을 화경청적和敬淸寂이라고 한다. 스님들은 수행하는 과정에서 급한 마음에 흔히 상기가 되고 몸과 마음이 부조화를 이루어 원만하게 정진하기가 쉽지 않다. 그래서 몸과 마음을 조화롭게 하는 데 차만큼 좋은 것이 없었기에 차를 수행의 조도助道로 삼았던 것이다.

초의 선사는 다선일미 사상을 중정中正이라고 했다. 참으로 좋은 물로 차를 달이고 차의 체體인 물과 물의 신이 되는 차가 서로 조화를 이루어 차의 신기가 건실하고 물이 신령하면 다도에 통하기 때문이다.

차를 달이는 데는 먼저 좋은 물이 있어야 한다. 다인茶人들에 의하면 보림사의 약수는 차를 달이는 데 가장 적합하다고 한다. 수행자는 찻물을 긷거나 찻물이 끓는 소리를 듣고 물의 성품과 자성이 둘이 아님을 분명하게 살펴서 회광반조回光返照해야 한다. 또 눈으로 차의 색깔을 보고 색의 성질이 본래 공함을 요달하면 대상마다 자성이 빛을 나투게 된다. 또한 혀로는 맛을 음미하지만 그 맛에 속지 않으면 금방 수승화강水昇火降이 이루어져서 어느덧 청량세계에 노닐게 된다. 이것이야말로 다선일미인 중정인 것이다.

하지만 차의 맑음에 집착하면 맑음을 비추고 있어 차의 걸림을 입어 자유롭지 못하다. 맑음마저 타파해야만 일체 차별경계가 사라지고 걸림 없는 자비심으로 보살행이 나온다. 이처럼 차의 덕성은 우리의 본래 자성과 동일한 성품을 가지기에 한 자리에 놓고 마셔야 한다. 그래서 천지간에 홀로 차 한 잔 마시기가 쉽지 않다.

수없이 헛차를 마셔 봐야 비로소 조주 선사의 “차나 한 잔 하시게”라는 화두에 계합하게 된다. 오늘날 세상이 이토록 시끄럽고 힘든 것은 일찍이 자기 자신에게 차 한 잔 대접하지 못했기 때문이다. 하지만 이제 밖으로 흐르는 생각을 멈추고 지극한 마음으로 자신에게 차 한 잔 올려 보

라. 그러면 일체의 차별심이 사라지고 문득 중정의 본래 천진한 자성이
스스로 몸을 나툴 것이다.

다산 정약용 선생은 보림사의 야생차를 둘러보고 난 후 차를 법제하
는 법을 알려주었으며, 자신이 직접 마셔본 결과 보림사의 죽로차가 결코
중국의 고급 보이차에 뒤지지 않는다고 《임하필기》에 기록하였다.

그간 잊혀졌던 우리 고유의 전통 발효차인 청태전이 장흥군을 중심으
로 연구, 복원되고 있어 지난해에는 한·중·일 삼국의 고승대덕과 다인
들이 구산선문의 종찰이며 선다일미의 본향인 보림사에 모여 비로자나
부처님께 헌다獻茶 의식을 가졌다.

요즈음 선방에서 커피가 새로운 차 문화가 되어가고 있다는 소식에 신
도들은 안타까워하고 있다. 천년 동안 이어져 내려온 다선일미의 정신이
쇠퇴해 가는 것이 아쉬울 따름이다.

가을엔 자기 자신에게 지극한 차 한 잔 올려 보라.

효심이 불심

늦은 오후 외출에서 돌아오니 하늘의 뭉게구름이 일주문 앞에서 서성이다가 반갑게 나를 맞는다. 처서가 지나고 나니 유난히 사나웠던 더위도 꼬리를 내리고 귀뚜라미 합창에 어느덧 서늘한 기운이 인다.

절에서는 불가의 오대 명절 가운데 하나인 우란분절(盂蘭盆節·음력 7월 15일)을 맞이하여 간절한 기도와 함께 용맹정진이 이어지고 있다. 이것은 삼업을 맑히고 지혜를 증장시켜 일체 부모를 나의 부모로 섬기려는 수행자들의 아름다운 회향이다.

우란분절은 부처님의 십대제자 가운데 신통제일이었던 목련 존자가 거꾸로 매달려 지옥에서 고통 받고 있던 어머니를 제도하려는 효심의 비원悲願에서 비롯되었다. 만약 어떤 사람이 안이비설신의眼耳鼻舌身意라는 여섯 가지 창문을 통해서 일체 대상에 집착하여 사로잡히면 마치 거꾸로 매달린 것 같은 고통을 받는 것과 같다. 또한 이것은 생명이 있는 것은 여섯 가지의 세상에 번갈아 태어나고 죽는다는 육도윤회六道輪廻의 씨앗으로, 아뢰야식에 저장되어 한순간도 멈추지 않고 일어났다가 사라지는 생사의 고통을 만들어 낸다.

그래서 땅에서 넘어진 자가 그 땅을 짚고 일어나듯이 일체 대상을 만났을 때 따라가지 말고 바로 알아차리면 멈추게 되고, 순간 부처가 출현함을 깨달으면 거꾸로 매달려 받는 지옥의 고통에서 바로 해탈하는 것이다. 이것이 바로 미리 닦는 생전예수재生前豫修齋의 의미이다.

또한 미처 닦지 못하고 억울하게 죽은 일체 부모와 인연 있는 영가들을 초대하여 부처님의 가르침인 경전을 독송하고 설하여 줌으로써 고통에서 해탈시키는 날이 바로 칠월 백중 우란분재盂蘭盆齋일이다. 모든 존재의 본래 모습은 부처라서 깨치면 나툼이라 생사윤회가 없지만, 깨치지 못하면 하루에도 만 번 죽었다가 만 번 살아나는 생사윤회의 고통에서 벗어날 수가 없다.

목련 존자는 어머니를 천도하기 위하여 부처님께 그 길을 물었다. 부처님께서는 칠월 백중 스님들의 자자일自恣日인 하안거 해제를 맞이하여 청정한 수행자들을 위하여 공양을 올리면 그 공덕으로 어머니가 지옥의 고통에서 벗어날 수 있다고 가르쳐 주었다.

효는 세상에서 가장 근본이 되는 가치이다. 세상살이가 어렵고 힘들 때 부모님의 은혜를 생각하여 근본을 깨달으면 어떤 어려움도 참고 견딜 수가 있기 때문이다. 수행자에게 있어서도 정진에 진전이 없거나 해태심懈怠心이 일어날 때 부모님의 은혜를 생각하면 천만 개의 칼로 찌르는 분심이 일어나는데 그 힘은 마침내 모든 마장을 물리치고 깨달음을 성취하는 원동력이 된다. 그래서 불심이 바로 효심이다. 만약 출가해서 공문을 통과하지 못하면 양가득죄가 되기 때문에 부모님의 은혜를 갚기 위해서라도 더욱 발심 정진해야 한다. 참으로 효심이 없다면 깨달음도 성취할 수가 없기 때문이다.

부처님의 후신이라고 불렸던 조선의 고승 진묵 대사는 깨닫고 나서 어머니를 지극정성으로 모셨다. 진묵 대사는 암자에 모기가 성하자 산신에게 명하여 모친을 괴롭히는 모기를 멀리 쫓아내어 여름을 편히 지내게 하였다. 경허 선사 또한 대장부의 일대사를 해결하고 나서 제일 먼저 어머니를 찾아갔다고 한다. 천장암에서 20여 년간 함께 지내며 손수 탁발해 어머니를 봉양했으며 만행을 떠나도 오래지 않아 돌아왔다고 한다. 깨달았다고 해도 어머니의 마음에는 자식이었기 때문에 지극한 효심을 아끼지 않았던 것이다.

일찍이 동진으로 출가하여 수행의 길이 힘들어 마장이 일어날 때마다 참으로 어머니가 그리웠다. 해태심이 일어날 때마다 아픔으로 고통 받던 어머니를 뒤로하고 수행한다는 핑계로 떠났던 것을 생각하면 천 개의 창으로 가슴을 찌르는 듯한 죄책감에 수행의 분심이 충천하였다.

칠석에는 절에 오시는 노보살님들에게서 어머니의 선했던 모습을 보았다. 모두가 선하고 아름다워 푹 익은 과일처럼 향기로웠다.

도량은 저녁 범종 소리에
어느덧 적멸에 들었다.

보림사

보림의 숲에는 매미들의 시원스러운 합창이 폭포수처럼 쏟아지고 있다. 소리를 따라가면 더위를 피할 수 없지만, 돌이켜서 듣는 성품을 깨달으면 보고 듣는 대상마다 그윽하여 청량세게이다.

산사에서 모처럼 휴가를 보내는 사람들이 비로자나불 천년의 미소에 지친 몸과 마음을 내려놓고 위안을 받고 있다. 나무들은 저마다 이름과 모양이 다르지만 거대하고 조화로운 숲을 이루어 일체 번뇌를 내려놓고 쉬어가게 한다.

전국은 지금 찜통더위와 열대야 현상으로 잠 못 이루고 있다. 많은 사람들이 산과 바다로 피서를 떠나지만 그 후유증에 시달리는 것은 생사대사라는 커다란 겁화劫火의 불길을 피할 수가 없기 때문이다. 요즘 많은 사람들이 수행에 관심을 가지고 산사를 찾는 것은 보다 근본에 충실한 휴가를 보내고 싶은 마음 때문일 것이다.

우리는 부처님을 일체 중생의 병을 훤히 보시고 차별 없이 고쳐 주시는 의왕이라고 부른다. 사람은 본래 부처라서 병이 없지만 지수화풍 사대와 수상행식受想行識의 인연이 모인 것이라서 어느 한쪽으로 치우치면 부조화로 인한 병이 생기게 된다.

요즘 명상 치유(힐링)가 새로운 트렌드로 자리 잡고 있다. 명상으로 부조화된 마음을 조화롭게 해 주면 본래 병이 없는 행복한 세상이 되기 때문이다.

우리는 그동안 너무 빨리 산업화에 성공해서 삶은 많이 편리해졌지만 옛날만큼 편안하지 못하다. 그래서 대안으로 느림을 실천해서 안정과 마음의 평안을 얻으려고 한다. 그러면 느림과 빠름이 조화롭게 균형을 이루어 행복해지는 것이다. 이를 선에서는 정혜쌍수定慧雙修라고 하는데, 우리 모두의 성품에 천연적으로 갖추어져 있는 덕성이다.

모든 사람들이 행복을 원하지만 지금 그렇지 못한 것은 본래 행복인 줄 모르고 밖으로 찾아 나섰기 때문이다. 그래서 밖으로 흐르는 생각을 돌이켜 자각하고 조화로운 삶을 통해 잃어버린 행복을 되찾아야 한다.

보림사는 구산선문의 최초 가람으로 한국 선불교를 중국으로부터 신라에 전한 도의 국사의 3대손인 보조 체징 선사가 개창한 도량이다. 달마 대사가 소림굴에 들어가 구년면벽九年面壁으로 시절인연을 기다렸다가 혜가 대사를 만났듯이 도의 국사 역시 설악산 진전사로 들어가 40여 년을 무위임운無爲任運하다가 염거 선사를 만난다. 그리하여 3대인 보조 체징 선사가 비로소 구산선문의 최초 도량인 가지산문을 개원하게 된다. 한편 도의 국사는 지금 조계종의 종조로 추앙받고 있으니 보림사와 더불어

가지산문의 중흥이야말로 시대적 요청이라고 할 것이다.

선의 근본 종지에는 모두가 본래 부처이며 모두가 본래 행복함을 확실하게 믿고 깨달아 잘 보호하고 가지라는 보림의 뜻이 있다. 한 마음 청정한 것이 선한 것이니 한 생각 악한 것이 일어나면 바로 알아차리고 선한 마음으로 돌아가면 이것이 참다운 보림이다. 보조 체징 선사는 이러한 이치로써 이 땅의 모든 중생에게 행복을 주겠다고 서원하여 전남 장흥군 유치면에 구산선문의 최초 가람인 보림사를 개창하게 된 것이다.

이러한 선 정신을 계승 발전시켜 쓸쓸한 조정에 활기를 불어넣고 모든 사람들을 차별 없이 부처로 받들어 모시며 아픔을 치유하는 힐링 센터로서 이 도량을 가꾸어야겠다는 원력을 세워 본다. 이것은 유구한 전통과 선 문화를 가지고 있는 한국 불교에 새로운 기회가 될 수 있기 때문이다.

탐진강은 굽이굽이 머물지 않고 바다로 흘러간다.

선정과 지혜

마침내 기다리던 단비가 내리고 뭇 생명들은 이제 타는 목마름에서 벗어나 생기를 되찾고 있다. 104년 만에 찾아온 최악의 가뭄 때문에 저수지는 밑바닥을 드러내고 논밭은 거북의 등처럼 갈라져 농민들의 시름은 참으로 깊었다. 설상가상으로 식수마저 부족하여 소방차로 식수를 공급받는 모습이 마치 물고기들이 점점 말라 가는 강바닥에서 살려고 몸부림치는 모습과 같아서 참으로 안타까웠다. 탐·진·치 삼독의 불이 참으로 무서우니 일체가 고통 아님이 없다는 부처님의 가르침이 절실하게 다가온다.

얼마 전에 서울 조계사 앞을 지나는데 어떤 사람이 "스님, 나는 거지입니다. 라면 한 봉지만 사 주세요"라고 소리치며 따라온 적이 있었다. 나는 "큰 지혜를 가지고 쓰는 사람이 거지인데 스스로 거지라고 자랑하는 걸 보니 그대는 거지가 아닙니다" 하고는 길을 건너갔는데, 그 사람은 내

말을 알아듣지 못하고 끝까지 따라왔다. 나는 더 이상 외면할 수 없어 눈을 마주보며 합장하고 따라서 하라고 했다. "나는 부처입니다. 본래부터 부처입니다. 순간순간 부처입니다."

젊은 거지의 얼굴에 어느새 화색이 돌고 눈빛이 빛나기 시작하는데, 그 모습을 보니 환희심이 일었다. 당신이 바로 부처이니 앞으로 더 이상 거지 노릇 하지 말라고 하면서 보시를 하고 돌아서는데, 왠지 모르게 발걸음이 가벼웠다. 부처님 법을 가르쳐 주었다는 자부심 때문이었다.

지금 우리가 가지고 있는 현실의 고통은 자기의 참모습인 본래 부처를 망각하고 끝없이 밖으로 구하는 거지 근성인 우울과 스트레스 때문에 발생한다. 우울이란 밖으로부터 부딪치는 대상이 실지로 있다는 착각에 좌절하거나 스스로를 학대하고 포기하여 생기는 것이다. 그래서 자기가 가지고 있는 본래의 찬란한 빛을 스스로 차단하여 어둠에 갇히는 것이다.

이럴 때는 땅에서 넘어진 자가 땅을 짚고 일어나듯 우울한 줄 아는 것이 부처이니 바로 돌이키면 순간 벗어나서 본래 부처의 지혜가 현전하게 된다. 또한 스트레스는, 많은 정보를 수집하고 지식을 익히지만 모두가 메마른 것들이어서 항상 나와 남이라는 다툼이 생기고 서로 소통하지 못한 채 앞서가려는 이기심 때문에 생각과 생각이 부딪쳐서 열을 받는 것을 말한다. 이럴 때는 시끄러운 줄 아는 것이 부처이니 바로 알아차리고 청량한 선정의 바람을 일으키면 자기의 참모습을 바로 회복하게 된다.

이와 같이 세상의 고통에서 벗어나려면 우선 내가 본래 부처임을 믿고 나와 더불어 모든 이웃들이 함께 행복하기를 발원하는 보리심을 일으켜 선정과 지혜를 함께 닦아야 한다. 만약 어떤 사람이 수행한다고 하면서 사선팔정四禪八定의 선정에 치우치면 고요한 곳에서는 편안하지만 시끄러운 현실에 나오면 다시 흔들리게 되니 무용지물이다. 그런데 어리석은 수행자는 반드시 선정을 닦아야 깨치는 줄 알고 고요한 곳에 집착하여 세상을 등지게 된다. 참다운 선정은 들고 남이 없어 일체 작용 속에 함께 하지만 대상에 물듦이 없음을 모르기 때문이다.

한편 내가 본래 부처라는 믿음에 머물러 수행할 것이 없다고 한다면 메마른 알음앓이에 빠져 무사안일을 즐기는 사람이 된다. 그러므로 내가 본래 부처임을 먼저 깨닫고 나서는 무시이래로 익힌 습기는 참으로 무서운 것이니 반드시 보살행을 통해 분명하게 녹이고 증득해 나아가야 한다. 그래야 선정과 지혜가 원만하여 모든 업장이 무너지고 걸림 없는 보살행이 나오게 된다.

쪽빛 수국이 장맛비에 수채화처럼 바다로 흘러서
어느덧 청량세계를 눈앞에 드러내고 있다.

감꽃이 피었습니다.
염주처럼 실에 꿰어
목에 걸던 때가 그립습니다.

가을엔
보름달처럼
붉게 타오를 것입니다.

보림의 숲

보림의 숲에 그야말로 보배로운 단비가 흠뻑 내렸다. 나무들은 저마다 차별이 없지만 깜냥만큼 받아서 크고 작은 나무들마다 법비에 젖어 춤을 추고 있다.

지금 우리는 느림과 빠름의 불균형과 부조화로 병든 사회에 살고 있다. 어느 한쪽으로 치우친 이들이 그 대안으로 느림을 실천하여 삶의 행복을 찾으려는 경향을 보이고 있다.

그러나 이것은 토끼와 거북의 경주에서 보듯이 온전한 조화가 아니라서 새로운 변화에 대응하기 부족하고 창조적인 혁신을 이뤄내기 힘들다. 그래서 이제는 느림과 빠름을 함께하여, 물길이라는 상황에서는 거북이가 토끼를 업고 가고 정글에서는 토끼가 거북이를 업고 뛰어가야 한다. 느림과 빠름이 둘이 아니라 동시동작이 되어야 한다는 것이다. 이것을 선에서는 정혜쌍수라 하는데 모든 고통으로부터 해방되는 원리이며 혁신의 이치이다.

장흥이란 말을 곰곰이 생각해 보니 본래 행복이라는 의미로 다가왔다. 그런데도 뭇 사람들이 행복하지 못한 것은 어느 한쪽에 치우쳐서 조화로움을 잃어버렸기 때문이다. 이제 우리는 조화로운 삶을 통해 잃어버린 행복을 되찾아야 한다. 그런 면에서 세상의 행복을 되찾아 주겠다고 나선 장흥의 '슬로 시티(slow city)'는 역발상의 기막힌 아이디어다.

보림사는 역사적으로 선불교를 중국으로부터 신라에 최초로 전한 도의 국사의 3대손인 보조 체징 선사가 건립한 도량이다. 지금 도의 국사는 조계종의 종조로 추앙받고 있으니 보림사의 위치와 의미가 대단하다고 할 것이다.

이러한 선 정신을 계승하여 모든 사람들의 아픔을 치유하는 힐링센터로서 이 도량을 가꾸고 싶다. 이는 통합의학의 센터를 꿈꾸는 장흥과 맞아 떨어진다. 때맞춰 미국과 유럽에서 참선 명상이 치유 방법으로 각광을 받고 있다.

나는 어릴 적 동진 출가하여 은사스님께서 길러 주시고 가르쳐 주셨는데 은사스님이 아니었더라면 부처님의 가르침과 역대 조사의 정신을 접하지 못했을 것이다. 생각하면 참으로 아찔하기만 하다.

대도로 들어가는 문은 항상 열려 있다.
천지가 온통 하나의 문이기 때문이다.

참선 수행

오늘은 대동강 물이 풀린다는 우수이다. 남도의 바닷가에는 동백꽃이 하나둘 피고 있다. 매화는 예년 같았으면 활짝 피었을 텐데 이제 작은 꽃망울이 부풀어 오르고 있다. 밖으로 흐르는 일체의 생각을 거두어 나와 너라는 관념을 녹이면 걸음마다 보살행이 나오고 법의 향기가 흘러나온다. 이것이 참다운 봄소식 아니겠는가.

요즘 세상살이가 참으로 어렵다고 한다. 세상은 마치 바람이 많고 파도가 높은 겨울 바다처럼 기쁨과 슬픔이 항상 교차하고 있다. 그래서 참고 견디지 않으면 살기가 힘들다. 매화는 혹독한 추위 속에서 더욱 진한 향기를 토하고 사람은 병들고 고통스러운 처지를 당하니 더욱 성숙해지고 수행해야겠다는 발심이 일어난다.

塵勞逈脫事非常 진로형탈사비상

緊把繩頭做一場 긴파승두주일장

不是一番寒徹骨 불시일번한철골

爭得梅花撲鼻香 쟁득매화박비향

티끌처럼 일어나고 사라지는 생사를 벗어나는 것 보통 일 아니니
급하고 간절하게 화두를 붙잡고 한바탕 일대사를 요달할지어다.
추위가 한번 뼛속에 사무치지 아니하면
어찌 코를 찌르는 매화 향기를 맡을 수 있으리오.

참으로 간절한 발심을 일깨우는 황벽 선사의 게송이다. 옛 선사들은 한결같이 춥고 배고픈 어려운 때를 당해서 발심을 했다. 발심이란 생사 윤회의 고통에서 끝없이 벗어나려고 몸부림치며 정법을 갈구하는 마음 이다.

지금 우리가 처해 있는 상황은 마치 망망한 바다에서 표류하고 있는 외로운 배와 같다. 그러므로 급한 마음을 일으켜 간절하게 화두를 붙잡 고 나고 죽는 생사 대사를 기필코 해결해야 한다. 세상의 일도 혼신의 힘 을 다해야 벗어나는데 윤회의 고통인 생사 대사는 참으로 목숨을 버리는 대발심이 없으면 벗어나기 어렵다.

태평양으로 나갔던 연어들이 거친 물살을 거슬러 다시 돌아오는 것은 떠났던 자리를 기억하고 있기 때문이다. 하물며 사람으로 태어나서 본래 고향인 자기 마음을 모르고 살아간다는 것은 참으로 억울하고 분한 일 일 것이다.

큰 믿음은 바다를 건너는 데 큰 배를 타는 것과 같기 때문에 항상 대승심大乘心을 발해야 한다. 그래서 내가 본래 부처라는 반야용선을 타면 화두의 의정이 저절로 샘솟듯 일어난다. 또한 일체 고통이 마음에서 일어난 줄 바로 알기 때문에 일어나고 사라지는 번뇌와 싸우지 않고 오로지 감사하는 마음이 저절로 인다. 그리고 하는 일마다 보살행이 된다. 그동안 나를 괴롭히고 못되게 한 사람도 나를 공부시킨 선지식이었고 나에게 사기를 친 사람도 나의 어리석음을 고쳐 준 은혜로운 사람이 된다. 그래서 세상은 그대로 수행하는 장소가 된다.

요즘 참선이 대세라는 말들을 많이 한다. 마음이 본래 부처라고 바로 간단하게 가르쳐 주기 때문이다. 그야말로 심플한 마음이야말로 무한 속도를 지녔으니, 스마트 시대에 꼭 맞는 것이 참선이라는 것이다. 이럴 때 우리의 수행도 업그레이드가 필요하다. 지금까지 해 왔던 기도, 염불, 절, 사경 등의 수행에 '마음이 본래 부처'라는 믿음을 하나 더하면 바로 선이 된다.

우리는 사찰의 법당에 모셔진 부처님만 복을 주는 부처이지 내 가족, 내 이웃, 자연이 모두 부처라는 사실은 가벼이 대했다. 우리들이 법당에 가는 것은 모든 사람을 부처님 모시듯이 정성껏 대하는 것을 연습하는 것이다.

그런데 실제로 불자들은 현실에 너무 약하다. 누군가 집이나 직장에서 나의 자존심을 짓밟고 뭉개 버릴 때 말에 따라가서 바로 성내거나 일을 저지르지 말고, 바로 멈추고 상대를 부처님으로 모시라는 말이다.

휴대폰을 스마트폰으로 교체하듯이 신행 생활도 이와 같이 업그레이

드해야 한다. 우리가 참선을 하는 것은 보살행인 인간미를 실천하는 데 목적이 있다. 그래야 바르게 참선을 하는 사람이다.

관세음보살은 세상의 소리를 통해서 소리에 따라가지 않고 소리를 듣는 성품을 깨달았다. 세상에서 우리에게 가장 가까운 소리는 차 소리, 그보다 더 가까운 소리는 잔소리다. 잔소리에 따라가면 육도윤회에 빠져드는 것이지만 잔소리를 따라가지 않고 바로 돌이켜 소리를 들을 줄 아는 마음을 깨닫는 것, 이것을 관세음이라고 한다.

요즘 같은 소통 부재의 시대에 동서양 리더십의 조건으로 경청을 으뜸가는 덕목으로 삼는 것도 이 때문이다. 가정이나 직장에서 어떤 소리가 들려오면 관세음보살처럼 자비심으로 잘 들어 주는 것이 참으로 필요할 것이다.

땅은 가지가지 꽃을 피우지만
스스로는 분별이 없어 평등성지를 이룬다.

내외명철의 전기

올여름은 평년보다 무덥고 비도 많을 것이라고 한다. 어제는 소나무를 칭칭 감아 못살게 구는 도량의 칡넝쿨을 제거하느라 숨을 헐떡거리기도 했다.

세상에 위안과 감동을 주어야 할 승가가 오히려 세상에 걱정을 끼치고 있어 가뭄과 때 이른 더위만큼 근심과 짜증을 주는 것 같아 부끄럽기 그지없다. 하지만 위기가 기회이듯 내외명철內外明徹이라는 새로운 향상의 전기가 될 수 있도록 지혜를 모아야 할 것이다.

"이치는 단박에 깨치나 망상이 여전히 일어나는구나. 부처님과 나의 성품이 동일한 진성인 줄 분명히 알았으나 수많은 생애를 살면서 익힌 습기는 오히려 생생하구나. 바람은 고요하나 작은 파도는 여전히 솟구치듯 이치는 훤히 드러났으나 망상이 여전히 일어나는구나."

경허 선사가 화엄사에서 진진응 강백의 물음에 역행을 통해 답한 진술한 가르침이다. 참으로 세상이 무상하여 부모 형제를 버리고 발심 출가했지만 깨치기는 참으로 어렵고, 또한 깨치고 나서도 제8식인 미세유주를 벗어나기 어려우며 익힌 습기는 단박에 제거하기 어렵다는 말씀이다. 어떤 사람이 오지에서 살다가 서울이 좋다고 해서 온갖 고생을 무릅쓰고 마침내 서울에 도착했지만 다시 기가 질리는 것은, 어디가 어딘지 자세히 모르기 때문이다.

그러므로 이제부터 묵은 습기를 녹이며 낱낱의 인연을 밝혀야 한다. 이치로는 내가 본래 부처라는 분명한 사실을 깨달았지만 현실에서 원만한 지혜와 자비가 나오지 않으면 무용지물이기 때문이다.

한편 보살행을 한다고 하지만 다시 업력에 물들고 이치를 확실히 깨치지 못한 것은 수행의 방향이 없으므로 참다운 보살행이 아니다. 그래서 부처님과 역대 조사가 내가 본래 부처라는 믿음으로 정건을 세우고 수행을 하고 보살행을 하라고 했던 것이다.

정건이 확실하게 서면, 홀연히 처음 한 생각이 일어날 때 바로 알아차리게 되고 생각 이전의 천진한 성품에 계합하여 대상에 끌려가거나 물들지 않는다.

행주좌와行住坐臥 어묵동정語默動靜 일체처 일체시一切處一切時에 홀연히 한 생각이나 대상을 만나면 따라가지 말고 순간 포착하여 때려 치면 한 조각의 삼매를 이룬다. 하지만 무시이래로 익힌 습기가 참으로 징그럽고 무섭기 때문에 그것이 쉽지 않다. 그래서 성철 선사는 오매일여를 통과하여 제8식인 미세유주(무의식)를 제거한 대무심지가 되어야 견성이라는 수행의 비전을 제시해 주셨다. 또한 습기는 그래도 아직 남아 있으니 철저한 계행으로 모범을 보여주셨다.

홀연히 일어나는 한 생각이나 대상을 바로 알아차리면 더 이상 따라가거나 물들지 않으니 이것이 진정한 참회이다. 심지계인 불계로써 현전삼매를 이루기 때문이다. 그러면 적적 그대로 성성이며 성성 그대로 적적이어서 무시이래로 익힌 습기를 말려서 대기대용을 이룬다. 오늘의 혼란은 이와 같이 역행과 순행으로 수행의 방향을 제시해 준 선지식을 믿지 않기 때문에 오는 과보임에 틀림없다.

참으로 중생 습기가 무섭지만 칼날 위를 걷듯이 조금의 틈도 주지 않으면 본래 물들지 않는 성품이 염념이 드러나게 되어 일체 경계를 자유롭게 수용하는 해탈을 이룬다. 하지만, 비록 이치는 이렇게 알았지만 몸이 아직 남아 있어 습기에 끄달려 가니 부처님의 유훈인 계로써 스승을 삼으라는 말씀이 절절히 다가온다. 역대 조사들은 가뭄이 들거나 세상에 큰일이 일어나면 수행이 부족해서 그렇다고 하셨는데 아직 수행이 부족하여 업력이 일어나는 것을 보면 참으로 부끄럽다. 하안거에는 불 속에서 연꽃이 피는 소식을 사무치게 깨달아 모두가 청량세계에 노닐기를 발원해 본다.

한 줄기 해풍이 연밭을 스치고 지나간다.

보살행의 실천
이입사행

선종의 비조인 달마 대사는 능가경을 소의경전으로, 마음이 본래 부처라는 이입과 깨닫고 나서는 사행으로 보림하라는 가르침을 설하였다. 마음이 본래 부처라는 확실한 믿음이 성취되지 않으면 참다운 보살행이 나오지 않기 때문이다.

사행이란 네 가지 실천으로 보살행이다.

첫째는 보원행報怨行으로 나에게 닥친 원망과 불행을 갚으려고 하지 않고 전생에 알게 모르게 지은 결과이니 달게 받는 것이다. 그러면 불성이 현전하여 흔적 없이 고통은 사라지게 된다.

둘째는 수연행隨緣行으로 무조건 상대를 수순하고 따르는 것이다. '나'라는 아상이 있거나 '깨달았다'는 법상이 있으면 나를 따르라고 한다. 나를 때리거나 원망하는 상대방을 진정으로 부처님처럼 모시라는 것이지만 깨닫지 않고는 어려운 일이다. 한편 설사 깨달았다고 해도 나는 깨달았으니 나를 따르라고 하면 이것은 사상이 남아 있어 윤회의 그물에 걸린 것이다. 참으로 깨달은 사람은 가족과 이웃들이 본래 부처임을 알기에 부처님처럼 모시지 나를 따르라고 하지 않는다. 이것이 수연행이다. 그래서 부처님의 가르침은 인과법을 믿고 자기가 지은 것은 떳떳하게 받고 부족하면 끝없이 복을 지으라고 하는 것이다. 문제는 자기가 지은 것대로 받지 않고 피하려고 빌거나 구걸하는 신앙을 하게 되면 잠시 복을 빌려 쓰게 될지언정 나중에는 더욱 큰 과보가 따르게 된다. 부처님은 중생이 안쓰럽지만 인과를 대신해서 받아 줄 수가 없기 때문에 끝없이 수행을 하고 복을 지으라고 하였고, 또한 자기가 지은 것은 피할 수 없으니 달게 받으라고 하였다. 이것을 선에서는 인과에 어둡지 않다 말한다. 이것이 바로 해탈이며 무애행이다.

셋째는 무소구행無所求行으로 일체 구하는 바가 없으니 화엄으로 나툰 세상은 그대로 완벽하고 본래 구족되어 있기 때문이다. 그러나 불성이 아직 발현되지 않아 부족하다고 느끼기 때문에 누구나 가지고 있는 불성광명은 스스로를 지키지 않아 인연을 따라서 구하는 대로 이루어 준다. 작은 씨앗을 심으면 작게 이뤄 주고 크게 원하면 크게 이뤄 주니 나보다 남을 위하는 큰 원을 세우면 나와 세상이 함께 평화로워진다.

넷째는 칭법행稱法行으로 저울대가 차별 없이 무게를 나투듯이 누구나 가지고 있는 불성은 평등하다. 그래서 부처님은 일체 중생을 친자식처럼 평등하게 대해 주신다. 나에게 다가오는 모든 인연을 차별 없이 부처님처럼 존경하고 대접하는 칭법행이 되어야 수행이 완성된다.

능가사는, 여덟 봉우리가 마치 깨달음을 통해서 나오는 여덟 가지 바른 길인 팔정도를 상징하듯 봉긋이 솟은 아름다운 산세를 가지고 있다. 이입과 사행은 팔정도로 보살행의 실천이다.

바르다는 것은 하나에서 그침이니
하나는 무엇인가.

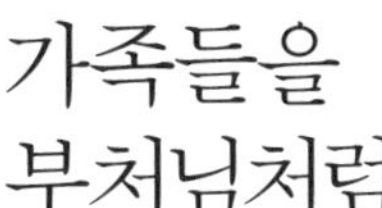

가족들을
부처님처럼

숲은 이맘때가 참 예쁘다. 비가 개고 나니 더욱 싱그럽다. 바람이 불면 까르르 웃는 것이 마치 선잠에서 깨어난 동자승의 미소처럼 해맑다. 떡잎의 색깔은 나무마다 다르고 풀잎마다 다르지만 점점 연둣빛 일색으로 번져서 산꼭대기로 오르고 있다. 머지않아 부처님 오신 날이 되면 모두가 초록빛 바다와 만날 것이다.

보조 국사는 《수심결》에서 수행하는 사람이 각고의 정진 끝에 문득 자신의 성품이 위로는 부처님과 더불어 역대 조사와 둘이 아님을 깨달았지만 아직 갓 태어난 어린아이와 같아서 어른과 같은 공력은 쓸 수가 없다고 하였다. 그러므로 끝없이 돌이키고 살펴서 무거운 업력을 녹이고 보살행을 실천하여 복과 지혜를 원만히 구족해야 어른과 같은 공력을 쓸 수가 있다고 하였다.

오월은 가정의 달이지만 안타깝게도 우울한 소식들이 들려 오고 있다. 청소년들이 마치 광활한 정글에 떨어진 것처럼 학교를 두려워한다고 한다. 참으로 안타까운 소식이다. 모두가 보살피기를 부처님처럼 해야 할 것이다.

청소년기를 보낸다는 것은 누구에게나 힘들고 고통스러운 일이다. 각자 방황의 색깔과 모습은 다르지만 알을 깨고 나오려는 몸부림이기 때문이다. 하지만 여린 숲은 강풍이 불고 비바람이 몰아쳐야 뿌리가 깊어지고 잎이 무성해진다.

누구나 가지고 있는 천진한 성품 역시 부처님과 차이가 없지만 수행이라는 철저한 단련을 통하지 않으면 지혜와 복덕이 원만한 불공덕을 이룰 수가 없다. 이것은 어린아이가 가족들의 따뜻한 사랑을 통해서 마침내 성장하여 어른이 되고, 용광로에서 쇠가 거듭 단련되어 가지가지 도구의 모양을 나투는 것과 같다.

수행자의 안목으로 보면 어른도 철이 없기는 마찬가지이다. 생각이 일어나고 사라지는 데 끝없이 따라가서 울고 웃으며 생사의 고통을 받기 때문이다. 그래서 생사를 뛰어넘는 대장부가 된다는 것은 쉬운 일이 아니다.

보통 사람들은 한 생각 번뇌가 일어나면 바로 알아차리지 못하고 욕망을 따라가 자기의 성품을 등져 버려서 고통을 받는다. 그러나 알아차리고 안아 주면 바로 천진한 부처가 나타난다. 이 작업이 쉽지 않고 지난한 것은 중생심이라는 업력이 마치 어린아이처럼 끝없이 칭얼대고 괴롭히기 때문이다.

　지금의 아이들은 자신들을 이해해 주지 않는 어른들에게 고통을 이야
기할 수 없다고 호소한다. 이것은 평소에 어른들이 번뇌가 일어나면 눌러
버리거나 싸우면서 자기의 성품으로 돌이키는 수행을 하지 않았기 때문
이다. 만약 아이들이 고통을 호소하면 즉각 알아차려서 자기의 천진 성
품으로 안아 주어야 한다. 가정의 달 오월을 맞이하여 가족들끼리 서로
서로 감싸 주기를 부처님처럼 해 보자. 수행은 가정과 일상사를 등지는
것이 아니기 때문이다.

　산에는 고사리가 어린 주먹을 쥐고
　천상천하유아독존을 외치고 있다.
　부처님 오신 날이 다가온다.

물이 흐르고
꽃이 피네

흠뻑 내린 봄비에 꽃들이 앞다투어 피어난다. 십일면관음상 앞의 수선화는 열두 번째 얼굴로 노오란 병아리처럼 수줍은 듯 첫걸음을 옮긴다. 비바람에 너무 일찍 떨어진 향기로운 매화 꽃잎이 아쉬워 두리번거리다 물의 흐름을 거슬러 산에 오른다.

나무들은 잎눈이 봉긋이 오르고, 봄의 전령사 생강나무가 꽃나무 가운데 제일 먼저 피어나 우리를 반갑게 맞는다. 두꺼비처럼 생긴 바위 옆에서는 춘란이 소담하게 꽃대를 밀어올리며 수줍은 미소를 짓고 있다. 멀리 빗살무늬 나뭇가지마다 펼쳐진 바다는 은빛 파도에 일색의 꽃밭을 이루었다. 참으로 한 마음 청정하면 모든 것이 꽃이 되는 경이로운 모습이다.

한 굽이 희미한 산길을 넘어가니 계곡 물소리가 바람에 묻어 나온다. 겨우내 침묵으로 더욱 깊어진 골짜기는 청량한 소리를 내며 귀를 맑게 씻어 준다. 순간 눈을 번쩍 뜨이게 하는 것이 있다. 진달래가 군락을 이루어 반갑게 피어 있다. 물이 흐르고 꽃이 피는 황홀한 만남에 문득 길을 잃고 천지에 홀로 서 있다.

어느덧 목마른 노루처럼 반가운 물소리에 귀를 쫑긋이 세우고 계곡에 이르러 촉촉이 목을 축인다. 작은 골짜기로부터 큰 시내에 모인 물은 아직 바다에 이르지 못해 다툼이 있어 소리가 요란하다. 하지만 산의 움직이지 않는 선정과 물의 머물지 않는 역동적인 지혜가 자기 성품의 본래 덕인 줄 깨달으면 곧 일미의 바다에 이른 것이다. 또한 일미에도 머물지 않아 다시 순환하여 모든 생명들을 보듬어 키우니 보살행이 된다. 바위에 걸터앉으니 한가로운 가운데 물소리는 끊어지고 문득 선시가 하나 떠오른다.

꽃잎은 뜻이 있어
물을 따라 흐르고
물은 뜻이 없어
꽃잎만 흘러보내네.

무릇 발심한 수행자는 생사윤회의 일대사를 요달하려는 큰 뜻이 있어 공문의 흐름에 들었다. 또한 조사의 뜻을 참구하여 관문을 타파하고 생사의 흐름을 끊어 버려 영원한 자유인이 되는 것이 본분이다. 하지만 사랑하는 분별심으로 공부를 삼거나 작은 소견의 골짜기를 구경으로 삼는다면 아직 유위법에 머무른 것이다.

물은 담연상적湛然常寂하여 모양이 없기에 모든 형태에서 자유롭고 머물지 않아 끝내는 바다에 이른다. 자기의 성품도 물과 같아서 일체 경계를 차별 없이 대하되 일체처에 머물지 않아 어떠한 지견이나 주장을 내지 않으며 또한 내지 않는다는 견해마저도 없어야 무위법을 마음대로 쓸 수가 있다. 그래서 마침내 무위가 바로 유위가 되어 삼라만상을 싣고 운행을 하고 일체 지견을 세우기도 하고 다시 부수기도 하여 중생들의 삿된 견해를 타파하여 향수해의 바다에 이르게 한다. 그래서 대주 선사는 누가 무위를 물으니 바로 유위라고 했던 것이다. 지혜로운 사람은 꽃이 피고 물이 흐를 때 천하에 봄임을 문득 알아차린다.

어느덧 황홀한 석양의 바다에는
멀리 떠나는 큰 배가 뱃고동 소리를 울리며
꽃잎처럼 흐르고 있다.

비가 그치고 나니

등나무는 꽃등을 내걸었다.

하늘은 더없이 맑고

바다는 툭 틔어

끝이 없다.

만년의 봄

오늘은 부드러운 바람결을 따라서 모처럼 바다에 내려가 본다. 온몸
으로 해초를 따며 봄을 맞이하고 싶어 화창한 오후에 썰물때를 기다렸
다. 몽돌밭에 나와 해삼을 잡고 있는 미을 사림들을 오랜만에 만나 지난
겨울 안부를 물으니 참으로 정겹다.

사람이 본래 부처이듯 몽돌마다 지천으로 붙어 있는 해초들이 푸르고
싱싱한 속살을 드러낸 바다는 일미평등으로 만년의 봄이다. 백천 강물은
먼저 바다에 도착하려고 서로 다툼이 있지만 마침내 바다에 이르면 하나
의 짠맛으로 융합을 한다.

처음 수행하는 사람은 보통 끝없이 일어나고 사라지는 번뇌를 없애려
고 하여 다툼을 쉬지 못한다. 그러나 갖은 고행과 정진을 통해서 번뇌의
파도가 성품인 물인 줄 깨닫게 된다. 그러면 물과 파도가 둘이 아니라서
무거웠던 업력은 가벼워지고 정진이 쉬워지니 이것을 득력得力이라고 하

는 것이다.

부처님의 출가는 무시이래로 업력의 습기를 따라서 끝없이 기멸起滅하는 생사의 바다에서 고통 받는 중생들을 피안으로 안온하게 건네주려는 원력 때문이었다. 그리고 처음 육사외도들을 만나서 수행하고 힘든 고행을 했던 것은, 마음 밖에서 구하는 것이 결코 바른 수행이 아니라는 것을 가르쳐 주기 위함이었다. 사람이 본래 부처임을 믿으면 밖으로 구하는 모든 방황이 바로 그치고 하는 일마다 보살행이 되기 때문이다. 그러므로 지금 서 있는 학인의 자리를 온전하게 누려야 한다. 만약 믿음이 부족하여 따로 깨달음을 구하거나 보살행이 있다고 한다면 인과因果 동시인 연꽃을 피울 수가 없으니 아까운 세월을 낭비하는 것이다.

비록 간절한 발심을 일으켜 부모 형제를 버리고 출가했다고 하지만 사람이 본래 부처라는 믿음이 서 있지 않은 수행은 과녁 없이 화살만 쏘는 것처럼 아무런 소득이 없다. 그래서 믿음이야말로 도의 근원이며 일체 공덕의 어머니라고 했던 것이다. 또한 부처님께서는 화엄경 여래출현품에서 깨닫고 보니 일체 중생이 여래의 지혜와 덕상을 조금도 차별 없이 갖추고 있다고 하였다. 여기에서 참으로 믿음을 성취한 학인이라면 비록 업력의 습기가 남아 있어 모자람이 있더라도 결코 물러서지 말아야 한다. 수행이라고 하는 것은 본래 구족한 부처를 믿고 증득하는 것이기 때문이다.

부처님의 위대한 포기로 인한 출가와 깨달음 그리고 열반의 가르침은 이처럼 간단하다. 지금은 스마트 시대라고 한다. 부처님의 지혜와 가르침이 절실히 필요한 시대가 도래한 것이다. 수행자는 업력은 가볍고 지혜는 빠르며 선정은 깊어야 스마트 시대의 덕목을 갖춘 리더가 될 수 있을 것이다. 세상의 흐름을 따르되 물들지 않는, 조절하고 통제하는 마음을 증득해야 한다.

마음은 하나의 본체에서 여섯 가지 작용이 일어난다. 보통 사람들은 대상인 육경을 따라서 육식을 일으켜 본래 청정한 마음을 배반하여 끝없이 생사윤회의 고통을 받는다. 그러나 수행하는 학인이라면 육근과 육경, 육식인 세계가 바로 공이며 마음인 줄 요달하여 경계에 속지 말고 잘 굴려야 한다. 지금은 손가락 하나에 세상이 열리고 닫힌다. 손가락 하나의 선을 얻어 평생을 쓰고도 남았다는 구지 선사의 법문이 절실하게 다가온다. 이는 손가락을 통해서 움직일 줄 아는 놈을 회광반조하면 마음대로 조절하고 통제할 수 있으므로 스마트 시대의 주인이 될 수 있기 때문이다.

참으로 세상이 무상하여 불법문중에 들어왔지만 세월이 갈수록 발심은 약해지고 업력은 늘어간다. 소중한 학인 시절은 나시 오지 않는다. 집을 떠나올 때 어서 빨리 깨달아서 제도해 달라고 하시던 부모님의 은혜를 생각하며 더욱 간절하게 정진을 해야 한다.

머지않아 벌들은 백천 가지 꽃을 찾아서 꿀을 따러 나설 것이다. 또한 일미평등인 하나의 단맛을 만들어 만년의 봄을 선사할 것이다. 우리 학인들도 일체 번뇌를 버리지 말고 바로 돌이켜서 일미의 성품을 깨달아 보살행의 꽃을 피웠으면 하는 바람이다.

어느덧 저녁 종성이 울리고
밥상에는 해초의 향기가 가득하다.

자비방생

몹시 추웠던 어제, 신도들이 방생차 찾아왔다. 절마다 신도들이 정초 기도를 마치고 삼사를 순례하며 자비방생을 통해 신심을 굳건히 하고 얽히고설킨 것을 푸는 것은 절집에 내려오는 미풍양속이다. 섬(거금도)에 웅장한 다리가 놓인 덕분에 참배객과 관람객이 부쩍 늘었다.

그간 문을 닫아걸고 섬에서 정진했던 것은 오로지 성품을 우뚝 드러내기 위함이었다. 이제 시절인연이 도래하여 다리가 놓이고 많은 사람들과 함께하게 되었다. 얽히고설킨 생각을 바로 알아차리고 자기 부처인 성품에 놓으면 바로 참방생을 이룰 수 있다. 또한 일체 생명이 내 생명과 둘이 아님을 알아 항상 자비심을 일으켜야 할 것이다.

바닷가 몽돌은 몸을 낮추고 자신을 깎아
한량없는 세월을 구르면서 둥글어졌습니다.

본래 고향

허공은 매운바람에 구름 한 점 없이 청명하게 깨어 있다. 빈 몸으로 서 있는 나무들은 도란거리는 낙엽들의 지난 얘기 들으며 정답게 추위를 견디고 있다.

사람들은 설 명절을 맞이하여 고향을 찾아 서로 정을 나누며 객지의 외로움과 고달픈 마음을 위로받는다. 사찰에서 설날은 일체 은혜에 감사하는 통알 삼배를 하고 윷놀이와 함께 성불도成佛圖 놀이를 하면서 익은 업력은 설게 하고 아직 덜 익은 수행은 더욱 익히는 즐거운 날이다.

사람이 동물과 다른 점은 유달리 정이 많다는 것이다. 더구나 어려운 세상살이에서 서로 격려하고 위로 받으면서 용기 백배하는 것은 고향만 한 것이 없기 때문이다. 그래서 고생을 하면서도 고향을 찾아 부모 형제와 일가친척을 만나고, 어릴 적 뛰놀던 친구들과 함께 뒷동산에 오르고, 옛 샘물을 마셔 보기도 하는 것이다. 이는 누구나 가지고 있는 본래 고향인 자기의 성품으로 회귀하려는 마음 때문일 것이다.

세상의 정이란 본질이 사랑과 원망이라서 집착하게 되면 만나고 헤어지는 고통을 피할 수가 없다. 그래서 출가 수행자들은 부모님에게 몸을 받기 이전의 본래 고향을 찾아서 일찍이 길을 나섰던 것이다.

사람들이 고통스러워하는 것은 물질적인 것보다는 사랑이나 원망으로부터 받은 깊은 상처 때문이고, 따라서 사람들은 끝없이 은혜를 갚고 원수를 갚는 일에 몰두하는 것을 삶으로 생각한다. 점점 수행하는 것과는 멀어지고 생사윤회의 고통 속에서 헤매는 것이 마치 파도 속에서 부침하는 나무토막과 같다. 그래서 《신심명》에서는 '다만 사랑하고 미워하는 마음만 없으면 서로 통하여 밝으리라'고 했던 것이다.

겨울 바다는 파도가 험하여 사고가 많이 일어나기 때문에 안전한 섬을 의지해야 한다. 이와 마찬가지로 인생 고해를 건너가려면 우리는 부처님의 법인 가르침과 자기 자신을 섬으로 삼아야 한다. 한 생각 사랑하고 미워하는 마음이 일어나 바로 알아차리면 사랑도 아니고 미움도 아닌 것이 홀연히 나타나는데, 이것을 이름하여 마음이며 부처라고 한다.

무시이래로 깨달음을 장애하는 것 가운데 가장 질기고 모질게 따라붙는 것이 사랑하고 미워하는 마음이다. 온종일 한 치의 틈을 수지 말고 마음을 살피기를 모래 속에서 마치 금싸라기를 가리듯이 해야 한다. 그러다가 날이 가고 달이 차면 앞생각에 비록 속았지만 뒷생각이 일어나기 전에 홀연히 여여한 성품을 요달하게 된다.

하지만 깨달았다는 생각은, 미혹의 쇠사슬은 벗어났지만 오히려 금사슬에 다시 묶이는 것과도 같다. 그러므로 다시 한번 눈멀고 귀 먼 벙어리가 되어 크게 죽어서 보통 사람으로 태어나야 한다. 그래서 선사들은 천신만고 끝에 고향에 돌아왔지만 알아보는 사람은 아무도 없고 어머님께 드릴 선물조차 아무것도 없다고 했던 것이다.

우리가 명절에 찾아가는 고향은 정을 나누는 아름다움이 있다고 하지만 진정한 마음의 편안함이 없기에 본래 고향인 자기의 성품을 깨달아야 한다. 그러나 깨닫고 보니 본래 한 걸음도 옮기지 않았다고 했던 것은 일상사를 떠나서 특별한 깨달음이 없기 때문이다.

새해는 흑룡의 해라고 해서 모두가 희망에 부풀어 있다. 흑룡이 가지고 있는 구슬을 이주(여의주)라고 하는데, 이것은 누구나 가지고 있는 구슬, 바로 불성이다. 세상에 어떤 시련과 고통이 다가올지라도 꺾이지 말고 자기의 신령스러운 여의주를 마음대로 쓸 줄 알아야 할 것이다.

아침 해가 떠오르니
세찬 바다에
금빛 물결 찬란하다.

억수같은 비가 내렸다.
떠내려간 길을 보수하고 나니
하늘이 모처럼 찬란한 햇살을 뿜고 있다.
범부가 해탈의 고향에 돌아가지 못하고 길에서 끝없이 헤매는 것은
중생과 부처, 선과 악, 남녀, 시비 등 일체의 양변에 집착하는
계급을 벗지 못했기 때문이다.
다만 오대산 노파의 말처럼 길을 따라서 곧장 가면 되는 것을.
부처라는 생각과 깨달았다는 지견을 두지 말고
다만 아무것에도 의지하지 않는 사람이 되라.
이를 무의자라고 말한다.

동지

오늘은 일 년 중 음의 기운이 극에 달하고 양의 기운이 새롭게 태동하는 희망의 절기인 동지이다. 조상들은 예부터 작은설이라 하여 한 해를 미리 마감하고 새해 달력을 나누며 붉은 팥죽을 먹고 어둡고 칙칙한 음의 기운 속에 자라는 마장을 쫓았다. 우울하거나 부정적인 생각을 쫓아내고 긍정의 마음으로 전환하는 세시풍속이라고 해도 될 것이다.

사시巳時가 되어 동지팥죽을 부처님께 공양 올리고 지난 한 해 동안 아무 탈 없이 정진이 향상된 것에 감사하는 불공을 드렸다. 그리고 새해에도 더욱 정진하여 보살행을 실천할 것을 발원하였다.

섬에는 아침부터 세찬 바람과 함께 바다가 은빛 포말을 풀어내며 천 길 바닷속 깊은 어둠을 토해 내고 있다. 오후가 되자 어느덧 바람은 흔적이 없고 숲에는 무심히 흐르던 구름이 걸려 눈꽃처럼 활짝 피었다. 겨울 숲은 지난 시절 울긋불긋 화려했던 번뇌 망념의 거추장스러운 잎들을 모두 뿌리에 떨구고 더없이 단출하고 정정하게 서 있다. 부챗살처럼 펼쳐진 나뭇가지 사이로 펼쳐진 바다는 법성의 성품을 여실하게 드러낸다.

나무들은 바람에 몸을 맡겨 한 오라기의 실도 걸치지 않은 무욕의 몸을 드러내었다. 수행하는 사람은 한 생각 일어나고 사라지는 생멸심이 마치 팥죽처럼 들끓어도 끝없이 알아차려 화두 의정의 주걱으로 쳐서 하나의 붉음을 이루면 앞뒤가 끊어지고 본래 천진한 얼굴이 드러난다.

하지만 수행하는 과정에서 얻어지는 것이 있거나 고요한 경계에 집착하면 마치 태양을 가리는 구름과 같이 성품이 어두워진다. 또한 수행하는 사람이 고요한 경계를 공부로 착각하게 되면 현실을 외면한 채 움직이지 않으려고 한다. 마치 널빤지를 짊어진 사람처럼 한쪽밖에 보지 못하기 때문이다.

태풍에 바다가 뒤집어지면 크고 작은 파도가 끝없이 일어나지만 대양의 깊은 바닷속은 움직임이 없을 뿐더러 더없이 평온하다. 그래서 참으로 성품을 요달하면, 고요함 속에서도 끝없이 활발하게 움직이는 양면의 바다를 보는 것처럼 어느 한쪽에 머물지 않게 된다. 물과 파도는 둘이 아니기 때문이다. 이것을 동정일여動靜一如라 하고 성품과 모양이 융합하는 참된 깨달음이라고 한다.

우주의 기운은 천연스러워 음의 기운인 고요함에 머물지 않기 때문에 마침내 극에 달하면 활발한 양의 기운이 찾아와서 새해가 열리게 된다. 성품에도 머물지 않고 모양에도 머물지 않으며 고요함에도 머물지 않고 움직임에도 머물지 않으니 이것을 무엇이라고 할 것인가.

무심한 구름은 길을 잃고 나뭇가지에 걸리고
걸림 없는 바람은 파도에 넘어져 울부짖는다.

무심한 구름은 길을 잃고 나뭇가지에 걸리고
걸림 없는 바람은 파도에 넘어져 울부짖는다.

선 정신

지금 제방 선원에서는 동안거 결제가 무르익어 간다. 안거란 일체 밖으로 흐르는 생멸심을 거두어 한 생각도 일어나지 않는 진여의 성품에 안주하는 일이다. 또한 어떤 시간과 공간에 처해 있더라도 대상을 따라가지 않고 항상 주인이 되는 깨어 있는 삶을 말한다.

나무들은 화려했던 지난날을 뒤로하고 적나라한 무욕의 본체를 드러내고, 개구리와 뱀 등 여러 동물들도 밖으로의 일체 흐름을 멈추고 함께 안거에 동참하고 있다. 나무가 시들면 뿌리에 물을 주듯이 바깥 경계에 휘둘려 정신없이 한 해를 살아온 사람들은 생각을 쉬는 충전을 통하여 활발하게 현실로 다시 복귀할 수 있다.

달력이 마지막 잎새처럼 걸려 있다. 옛 선사들은 하루해가 가면 공부를 마치지 못한 억울함에 두 다리 뻗고 울었다고 하거늘, 하물며 한 해를 마무리하는 시간에는 그 심정이 어떠했을까. 참으로 발심한 수행자는 앞생각이 일어나면 뒷생각이 일어나기 전에 바로 알아차리고 화두를 참구해야 한다. 순간 점검이 이렇게 찰나에 이루어져야 깨어 있는 사람이라고 할 것이다.

최근 스티브 잡스의 영향으로 참선에 사회적인 관심이 늘었다. 잡스의 출생과 성장, 실패와 좌절, 성공과 죽음을 통해서 선 정신을 살펴볼 수 있다. 미혼모의 자식으로 태어난 잡스는 입양과 함께 양부모 밑에서 성장하여 대학에 들어가지만 약물로 얼룩진 방황의 시절을 보낸다. 허름한 창고에서 애플사를 창업하여 성공을 이뤄내기까지 몇 번을 쫓겨나면서도 그는 상대를 원망하기보다는 모든 것을 자기 혁신의 과정으로 삼았다.

사람은 누구나 태어나면서부터 고통의 연속에 놓인다. 환경과 조건이 다를 뿐이지 고통이 없는 사람은 결코 없을 것이다. 다만 자기 앞에 다가오는 고난의 현실을 당당하게 맞이하여 끝없이 극복하고 탈출하려는 의지와 냉철하게 고통의 본질을 파악하려는 지혜가 필요하다. 이것이 잡스의 '항상 갈구하라(stay hungry)'는 말일 것이다.

끝없이 일어나고 사라지는 고통과 번뇌는 실재하는 것처럼 보이지만 끝까지 포기하지 않고 자세히 살펴보면 틈이 존재한다. 틈이란 바로 생사가 없고 일체 고통이 없는 적멸의 성품이다. 그래서 부처님께서는 사성제 가운데 고성제를 설하신 것이다. 고통의 자각을 통해서 바로 불고불락不苦不樂의 성품을 보는 것이다. 예부터 성공한 사람은 고통을 통해서 자기 자신을 단련하고 수행자는 고통의 성품이 본래 실체가 없다는 사실을 깨달아 대자유를 누리게 된다.

고통의 성품이 텅 비어 있음을 체달한 사람은 '나'라는 상이 없어 일체 대상과 부딪치지 않고 항상 화합하여 평화롭다. 자기의 주장이 없어 마치 바보처럼 보이지만 무쟁삼매無諍三昧를 성취하여 다툼이 없다. 서로 다름을 융합하여 원융무애한 성품으로 회통하는 대통합의 길을 열어 간다.

사람들이 끝없이 고통 속에서 헤매는 것은 사상이라는 철벽 속에 갇혀 있기 때문이다. 하심下心을 실천하여 사상이 본래 공함을 체달하면 비로소 가는 곳마다 주인이 되고 서 있는 곳마다 무한한 행복을 누리게 된다. 사상이 녹은 사람은, 마치 바보처럼 보이지만 내면에는 무한한 에너지가 넘쳐 흐르고 얼굴은 생기로 가득하다. 이와 같이 발심과 하심은 세상의 고통을 해결하는 열쇠이며 수행의 시작이자 완성이다. 이것이 선 정신이다.

겨울 나목처럼 철저한 방하착을 실천하면
다가오는 봄에는 향기로운 꽃들의 행렬이
장관을 이룰 것이다.

몸 아닌 몸

겨울을 알리는 비가 소리 없이 추적추적 내리고 있다. 이제 잎새들은 울긋불긋 화려했던 여정을 마치고 적멸의 고향으로 돌아가려는 듯 백척간두에 서 있다. 끝없이 일어나고 사라지는 생멸심은 어느덧 하나로 돌아가 마지막 잎새처럼 몸을 날려 허공으로 사라진다. 비가 그치고 나니 텅 빈 가지의 까치밥이 사리처럼 영롱하게 법신을 드러내고 있다.

오늘 따라 햇살은 모닥불처럼 따뜻하고 평화롭다. 어릴 적 뛰어놀던 뒷동산이자 출가의 터전이 되어 주었던 고향 마을 제석사를 비추고 있기 때문이다. 그 시절의 마을 사람들은 어느덧 백발이 되었건만 산꼭대기에서 발원하는 물은 예와 지금이 없어 변함이 없다.

제석사 주지스님은 열악한 환경에서 얼마 전 천일기도를 마치고 새롭게 도량을 결계하여 복원의 원력을 세우고 열심히 정진하고 계신다. 저녁에는 같은 출가의 길을 걷고 있는 고향 선배스님과 함께 초등학교 교가를 부르며 절 마당을 거닐었다. 아울러 셋이서 고향에서 불법을 일으켜 보자고 원력을 세웠다. 선배스님은 자비 명상을 이끌며 자비심을 실천하고 계신다. 선배스님은 부친이 주었던 지난 상처가 오히려 수행의 원동력이 될 뿐만 아니라 큰 선지식이 된 것에 대해 감사의 고백을 하였다.

스님들이 고향에 가는 것을 꺼려하는 것은 옛날 철부지 시절만 기억하고 불법을 모르는 고향 사람들을 제도하기가 어렵기 때문이다. 마조 선사가 깨닫고 나서 고향을 찾아갔지만 마을 사람들은 선사의 지혜와 덕은 몰라 보고 마 씨의 자식이라고 그저 쑥덕거렸다고 한다.

이번에 함께 고향을 찾은 것은 부모님을 불법으로 귀의시키고 조상 천도재를 방편으로 일가친척들에게 불법을 전하기 위함이었다. 출가의 큰 뜻을 모르고 수없이 만류하며 깊은 상처와 눈물로 세월을 보낸 부모님의 마음을 위로하고 부처님의 자비심을 전하는 것이 은혜에 보답하는 아름다운 회향이기 때문이다.

법사스님으로 초청된 동국대 정각원장스님은 다른 사람들의 조상 천도재는 수없이 지내면서 내 조상 천도재는 지내기 어려운데 오늘은 직접 내 조상을 천도하는 흔치 않은 법회인 까닭에 더욱 뜻깊다고 하셨다. 효도에 관한 법문과 함께 북한 동포들에게 자비심을 실천하고 계신 스님의 수행담은 참으로 깊은 감동을 선사하였다.

조상님과 돌아가신 고향 마을 분들을 위해 금강경을 독송하다가 문득 선정에 들었다. 금강경 가운데 "수보리야, 비유하자면 만약 어떤 사람이 있어 몸이 모든 산 가운데 왕인 수미산과 같다고 한다면 어떻게 생각하느냐? 그 몸을 매우 크다고 하겠느냐? 수보리가 사뢰었다. 매우 큼니다, 세존이시여. 왜냐하면 부처님께서는 설하시기를 몸 아닌 몸인 이것을 참으로 큰 몸이라고 이름 하기 때문입니다"라는 구절에서 문득 계합이 있었다.

보통 선정이 깊어지면 처음에는 거울 보듯이 자신의 얼굴이 선명하게 드러나게 되고, 점차로 깊어지면 자기의 몸 전체가 홀로 드러난다. 이때 신기하다는 생각이 일어나지만 따라가지 말아야 한다. 대개 보통 사람들은 화두를 놓쳐 버리고 이를 마치 큰 깨달음으로 착각하게 되기 때문이다.

그런데 선정이 깊어지면 자기의 몸이 그야말로 산 가운데 왕인 수미산만큼 커지고 마침내 우주를 감싸게 되는데 이때 나타나는 형상을 취하게 되면 바로 공부를 놓치게 된다. 그것은 형상이 아닌 큰 몸인 근본 마음을 잃어버리기 때문이다. 금강경을 읽다가 깨달았다고 하는 사람들은 흔히 이러한 형상을 보거나 갑자기 빛을 봤다고 하는 것으로 공부를 삼는 사람들이다.

한편 경에서는 깨달음은 무소득이기 때문에 만약 깨달음이 있다면 깨달음이 아니라고 설하고 있다. 다만 금강경에서 말하는 큰 몸을 체험하게 되면, 큰 몸이 이 마음인 줄을 바로 깨달아 빛이나 형상으로 깨달음을 삼지 않게 된다. 그래서 부처님께서는 사구게에서 '만약 모양이나 음성으로 나를 구한다면 사도를 행하는 사람이라서 영원히 여래를 볼 수 없다'고 했던 것이다. 그러므로 지극한 독송을 통해 이러한 큰 몸이 나타나게 되면 이때 나타난 큰 몸을 통해서 모양이 아닌 마음을 바로 볼 수 있어야 속지 않고 바른 수행의 길로 나아가게 된다.

금강경의 법문을 조상님들께 공양 올리고 법당 앞에 나와 보니 탐스러운 모과가 황금빛 큰 몸으로 천지에 가득하였다.

몸 아닌 큰 몸이여
하늘땅을 덮고도
남음이 있고
티끌 속에 있어도
모자람이 없네.

코리안 루트

섬에 가장 먼저 봄을 알리던 산벚나무는 온통 헐벗은 채 본체를 드러내고, 여름에 옻으로 괴롭히던 옻나무는 이제 붉음으로 금풍을 떨치고 있다. 참으로 무상한 형상을 통해서 변함없는 신리의 몸을 드러내고 있다.

삼라만상이 근원으로 돌아가는 시간에 한 생각 무상하다는 생각에 사로잡히면 길을 잃고 헤매기 좋은 시간이 된다. 하지만 지혜로운 사람은 유무 양단의 계급에 떨어지지 않고 여여하게 살아간다.

히말라야 안나푸르나 코리안 루트 개척에 나섰던 박영석 대장과 대원들이 돌아오지 못하고 안타깝게 산에 묻혀 산이 되고 말았다. 1980년대 말, 인도 배낭여행을 마치고 안나푸르나 올라운드 트레킹에 나섰던 때의 기억이 새롭다. 혼자서는 트레킹이 어려울 뿐더러 자칫하면 죽을 수 있다고 하도 티베트인이 겁을 주기에 그냥 내려오겠다는 생각으로 일주일간의 비자만 받아 길을 나섰다.

하지만 저 멀리 풍요의 여신 안나푸르나는 나를 죽음을 각오해야 하는 올라운드 트레킹으로 불러들였다. 짧은 비자 기간에 쫓겨 체력적 여유가 없었지만 오로지 밤낮으로 얼마나 빨리 통과하느냐에 관건을 두었다. 죽을 고비를 여러 번 넘겼다. 한 발 한 발 옮기면서 호흡과 함께 화두를 놓치지 않아야만 살 수가 있었다. 베이스캠프인 초량페디 고개 밑에서 새벽 4시에 마지막 점검을 하고 오천 미터가 넘는 고개로 향했다. 머리는 깨질 듯 아팠고, 호흡을 놓치고 화두를 잃는 순간도 많았지만 다행스럽게 무사히 고개를 넘었다.

그때 바로 풍요의 여신 안나푸르나가 관세음보살처럼 다가왔다. 하지만 아무리 좋은 금가루도 눈에는 병이듯 오래 머물지 못하고 다시 산을 내려오는데 멀리 배꽃이 눈처럼 흩날리는 마을이 보였다. 배꽃의 향기는 고향의 포근한 기운처럼 나를 감싸 주었다. 점점 아래로 내려오니 보리밭이 황금빛으로 물결치고 있었다. 극심한 긴장과 격동이 지나간 후 산 아래에 펼쳐진 사계절의 향연에 더없는 평화로움을 만끽했다.

하지만 그곳의 마을 사람들이 준 음식을 먹고 삼 일 동안 두드러기에 시달렸고, 끝내 기어서 내려와야 했다. 죽음에 대한 두려움과 사지를 찢는 고통이 겹치는 고난 속에서 참으로 절망의 시간을 보냈다. 이번에 참변을 당한 대원 가족들의 슬픔이 얼마나 클지 짐작이 간다.

지금 살아 있다는 것은 행복한 일이다. 하지만 철저히 순간순간에 깨어 있어야 참으로 산다고 할 것이다. 현전일념을 놓치지 않고 순간의 호흡을 생생하게 알아차려야 하기 때문이다. 그래야 비로소 지금 누구나 가는 길이 새로운 코리안 루트가 되고 자기 혁신의 길이 된다.

수행의 길을 히말라야를 오르는 산악의 길에 비유할 수 있다는 말에 더욱 진한 공감을 하게 된다. 한 생각 화두를 놓치면 바로 크레바스에 빠져 헤매는 것과 같고, 알음알이로 정진을 삼는 것은 로프만 잡고 허우적거리는 것이며, 죽음에 임박해서는 아무 것도 도움이 되지 않는다.

수행이 깊어질수록 더욱 힘이 드는 것은 미세망념의 험난한 협곡을 통과하기가 참으로 어렵기 때문이다. 그래서 역대 조사와 근래 성철 선사가 오매일여를 통과하지 않은 깨달음은 생사에 직면해서는 아무런 쓸모가 없다고 한 뜻을 모두가 온몸으로 부딪쳐 봐야 한다. 설사 십지보살이 설법을 비가 오듯이 하더라도 아직 미세망념이 남아 있으니 견성이 아니다.

그러나 수행의 인지에서는 모든 부처님과 역대 조사와 모든 중생들이 본래 부처이기에 수행이 필요 없다. 이러한 이치를 아는 사람들은 깨달음이 바로 돈오돈수여서 더 이상 할 일이 없다고 할 것이다.

그런데 보통 근기들은 깨달음이 구경각究竟覺이 아니기 때문에 깨닫고 나서 비로소 보림을 통한 철저한 수행이 시작된다. 그래서 수행의 인지와 똑같은 본래 부처를 실제의 일상사에서 실천해야 하며 반드시 깨어 있을 때와 잠잘 때가 한결같은 오매일여를 통해서 구경의 불과를 이루어야 한다. 한편 초견성에 머물러 알음알이에 붙잡히면 오매일여를 부정하고 더 이상 수행을 하지 않는다.

한 생각 미세망념의 크레바스가 너무나 깊고 깊어서 참으로 위험하다는 것을 다시금 절감하게 된다. 다시 한번 용맹정진해야겠다. 고은 시인의 지적처럼 중국 선사들의 흉내나 내는 것이 아닌 대열반의 코리안 루트를 개발해서 모든 중생들을 평화와 안락의 큰 길로 안내하고 싶다는 발원을 해 본다. 수행을 하다가 죽어 버리라고 했던 혜암 선사의 말씀처럼 산을 오르다가 산이 되어 버린 박영석 대장과 동료들의 왕생극락을 발원한다.

목숨 바쳐
돌아가나이다
울긋불긋
화려했던 단풍시절
미련없이 벗어버리고
적멸의 땅
아
미
타
불

바람을 만나서
솔바람으로

모처럼 맑은 햇살에
치자꽃 향기 해풍에 실어
멀리 보냅니다.
지루한 장마에
우울하고 눅눅한 기운 털어 버리고
맑고 향기로운 마음 드러내소서.

간화선의 대중화

티 없이 청명한 가을 하늘 들판에 내리고 마치 옛 거울을 비추는 듯 금빛 물결 일렁이는 풍요로운 시절이다. 바야흐로 알알이 영글어 머리 숙인 벼들은 남의 허물을 보지 않고 자신의 허물만을 보게 하여, 만나는 것늘 모두가 반야를 불러낸다. 그래서 고인들이 말씀하시기를 눈앞에 푸른 대나무는 진여법신이며 노오란 국화는 법신반야라고 했던 것이다. 산사마다 축제가 열리고 교계의 풍경도 어느 해보다 다채로운 것은 모두가 시절인연을 따라서 한 치의 어긋남 없이 불사를 이루기 때문이다.

서울 조계사에서 있었던 종단 주최의 간화선 토론회는 간화선 대중화를 위한 방법 모색과 열정이 어우러진 진지한 자리였다. 안국선원장 수불 스님의 발제는 여러 명상법과 간화선을 어떻게 융합하여 결국에는 최상승의 간화정로로 인도할 것인지에 관한 것이었다. 수불 스님은 그동안 많은 시간을 대중들과 함께하면서 도심 한복판에서 안거를 최초로 정례

화하여 실천하고 계신 분이다. 또한 많은 대중을 동참하게 하는 등 지난 여름에 있었던 간화선 국제학술세미나를 통해서도 간화선을 세계화하는 데 큰 성과를 이뤄 냈다. 간화선을 한국 불교의 대표적인 수행법으로 환기시킨 공덕이 참으로 크다고 할 것이다.

한편 조사선과 간화선은 둘이 아니지만 조사선은 직접 가리킨 조사의 일구가 의심이 아닌 바로 깨침을 유발하여 공안과 화두가 둘이 아니라는 입장이고, 간화선은 공안에서 비롯된 의심으로 여기에 걸리면 율극봉을 삼키는 것과 같아서 해결하지 않으면 목숨을 내놓아야 하는 것이며 동시에 생사를 해탈하는 대자유를 얻는 경절의 극약이라는 것이다. 그러나 알음알이로 율극봉인 화두를 해결하게 되면 식심이 남아 있어 졸음 하나도 극복하기 어렵고 자기 자신도 제도하지 못한다고 하였다. 그러므로 간화선은 반드시 공부의 삼분단을 거쳐야 하는 길임을 역대 조사들은 증명하고 있는 것이다.

원오 극근 선사는 천하의 선지식을 참방하여 인가를 받고 마지막 오조 법연 선사를 찾아갔지만 그는 질문을 해도 대꾸도 하지 않는 그저 평범한 노인이었다. 그래서 손을 털고 일어나는데 "자네가 지금은 아는 것으로 천하의 선지식을 희롱하는데 뒷날 크게 몸이 아프게 되년 반드시 후회할 일이 있을 것이네"라는 한마디를 던져주는 것이 아닌가.

아니나 다를까, 원오 극근 선사는 뒷날 크게 열병이 들어 죽을 지경에 이르러 비로소 오조 법연 선사를 다시 찾아가 무자화두를 들어 일대사를 요달하였다.

간화선에서는 반드시 일상일여, 몽중일여, 오매일여에 대한 철저한 점검을 통해서 다시 조사선에 계합하게 된다. 그래서 조사선을 아는 사람은 반드시 간화선의 방편이 나오게 된다. 근래에 성철 선사가 공부 점검법으로 내놓은 공부의 삼분단은 간화행자가 반드시 거쳐야 하는 정로이니 앞으로 이에 대한 정확한 제시가 있어야 수행인들 사이에서 간화선의 정통성을 확보할 수 있을 것이다.

모처럼 원로 의원인 은사스님을 모시고 하룻밤을 묵으며 천진하게 늙으신 스님의 향기를 훈습하였다. 사람으로 태어나서 부처님의 가르침을 만나기 어렵고 정법을 만나기는 더욱 어려운데 은사스님의 은덕으로 두 가지를 성취하였으니 이 은혜는 부모님의 은혜를 능가하는 것이다. 또한 최근 초발심을 다시 보고 이제야 부처님의 은혜와 수행의 맛을 알겠다고 하면서 손을 붙잡고 눈물을 흘리는 사형님이 참으로 아름답고 진실하였다. 도심의 한가운데에 살면서 연꽃처럼 물들지 않고 동체대비심으로 살아가는 것이 쉬운 일이 아니기 때문이다.

다음날에는 발걸음을 옮겨 수원 용주사 정무 대종사의 빈소에 들러 문상을 하였다. 스님께서는 효 사상을 강조하며 직접 모친을 모시고 일상에서 수행을 실천하셨다. 그러고는 다시 지리산 화엄사에 도착하여 원로 의원이신 도천 대종사의 빈소에 향을 올렸다. 섬진강 흐르는 물결과 석양빛에 흔들리는 갈대꽃을 바라보며 어려운 시대에 태어나 선지식으로 모범이 되어 주신 큰스님들을 생각하니 고마운 마음과 한편으로는 무거운 책임감이 느껴졌다.

돌아오는 길에는 논객인 조용헌 선생의 축령산 토굴에 들러 하룻밤을 머물면서 선생의 친절한 안내로 전주 시내 명소를 둘러보고 전통 전주비빔밥을 맛보았다. 그동안 비빔밥을 많이 먹었지만 전통 비빔밥은 무슨 맛일까 궁금했는데 이제 어디 가서도 자랑할 수 있게 되었다. 참으로 이 맛은 무미무색무취라서 입을 대면 어긋나니 각자가 직접 맛을 봐야 하기 때문이다. 간화선은 비빔밥과 같아서 일체의 명상과 수행법을 하나로 비비고 회통하여 일미의 한 맛으로 가는 최상승의 경절문徑截門이다.

섬진강 흐르는 물은
예와 지금이 없어
갈대꽃 하얀 머리마다
의젓한 가을이라네.

한가위 보름달

추석이 부쩍 가깝게 다가오고 있다. 저마다 고향을 향한 설렘에 마음은 한결같지만 여러모로 경제 사정이 여의치 않은 사람은 고민이 많을 것이다. 고향으로 향하는 마음이야 선천적인 순수함이라서 꿈속에서도 그리운 것이 고향이다.

누구나 차별 없이 가지고 있는, 언제나 둥글고 원만한 마음의 보름달은 유독 한가위 보름달과 닮았다. 고향을 그리는 마음과 보름달이 둘이 아니라는 사실이 더욱 선명해진다.

그러나 모양으로 그리는 고향이나 만나는 고향 사람들은 많이 변해서 때로는 서로에게 상처를 주기도 한다. 탐·진·치 삼독이 본래 둥글고 원만한 마음달을 가렸기 때문이다. 어려운 때일수록 가족이나 고향 사람들이 서로 격려해 준다면 다시 힘을 얻을 것이다. 사람은 초심으로 돌아갈 때 힘이 나고 세계와 내가 둘이 아니라는 충만함으로 가득 차서 큰 일을 성취할 수 있게 된다.

　언제나 둥글고 원만한 마음달은 마음대로 쓰고 베풀어도 끝이 없으니 아끼지 말고 이번 추석에는 널리 쓰시기를. 입으로는 따뜻하고 부드러운 말로 서로를 위로하고 손과 발로는 먼저 자신을 낮추고 한 걸음 다가가면 해묵은 감정은 절로 녹아 버릴 것이다.

청풍과 명월은
둘이 아니라서
손을 흔들고
한 걸음 옮기면
문 앞에는 언제나
한가위 보름달이
두리둥실 밝다.

소리의 향연

도량은 온통 소리의 향연으로 가득하다. 들리는 소리마다 묘음이 되는 것은 본래 관세음이 응해서 나투기 때문이다.

듣는 귀만 귀하게 여겨 소리를 따리기게 되면 성품이 어두워진다. 소리를 통해서 바로 듣는 성품을 확인할 수 있지만 아직 모르기 때문에 자연스럽게 의정이 일어나는 것이다. 그래서 소리는 끝없이 성품을 불러내니 순간 알아차리고 찰나에 의정으로 터치해 줘야 안과 밖이 밝아지고 일상삼매가 현전한다. 또한 다시 무기력해지면 관세음을 부르며 작용시켜 주면 바로 성품이 드러나니 염불하는 이것이 무엇인가 하면서 틈을 주지 말고 하루를 운전해 가야 한다. 이것이 하근기들이 하는 염불 화두이다.

동국대 국제선원 개원식 및 원장 취임식에 참석하고 여러 간화선 학자들과의 탁마를 통해서 그간의 수행을 점검하는 좋은 시간을 보냈다. 모처럼 길상사에서 쉬니 더욱 안정된 도량과 대중이 화합하는 모습에 환희심이 일었다.

밤 깊어 풀벌레 소리마저 그치고 나니
일없는 한가로운 사람이 빈 방에 홀로 앉아
시방에 가득한 산호 열매를 줍고 있네.

참다운 수행처

아침 바다를 보기 위해 설레는 마음으로 관세음보살님을 친견하러 가듯 새옷으로 갈아입고 발걸음을 옮긴다. 태풍이 지나간 바다는 인적이 끊어져 한산하지만 떠밀려 온 해초들이 비린내를 풍기며 태초의 고향 소식을 전해 준다.

몽돌은 쉼없이 밀려오는 파도가 때리거나 부수려 해도 끝없이 자신을 낮추고 굴러서 바다와 하나가 되었다. 어젯밤 몽돌 하나하나마다 보름달이 내려온 듯 아직도 황홀한 몽돌밭을 걸어간다.

마침 부처님이 과거 인행 시에 가리왕에게 마디마디 신체를 베이는 아픔 속에서도 사상이 없었기 때문에 원망하는 마음이 일어나지 않았다는 경구가 떠오른다. 우리는 얼마나 많은 세월을 지나야 일체 상이 녹은 몽돌처럼 묘음을 나툴 수 있을까. 어느덧 경책을 받은 숙연한 마음에 말없이 관세음을 부르다가 가부좌를 틀고 법성의 바다로 들어간다.

하안거 해제를 맞아 선방 스님들은 이제 만행길에 나서고 많은 인연들을 만날 것이다. 만행이란 무심한 바람처럼 걸림 없이 오고가는 반야행이다. 또한 만행은, 한 철 동안 수행으로 얻은 지혜로 때로는 봄바람처럼 부드럽게 이웃들의 고통을 어루만지고, 때로는 칼바람처럼 냉철하게 얽힌 업력의 실타래를 끊어 주는 자비의 길이다.

하지만 조용한 산중에서 익히고 닦은 작은 법을 즐기는 선정삼매로는 현실을 감당할 수 없다는 것이 바른 점검일 것이다. 지금 업력에 물들고 찌든 사람들의 마음을 열어 주고 부처님의 가르침을 전한다는 것이 참으로 쉽지 않기 때문이다.

금강경에서는 모든 중생이 본래 무량한 복덕을 갖추고 있어 얻을 바 법이 없다고 하였다. 만약 수행을 통해서 얻은 바 법이 있다고 한다면 곧 사상에 집착한 것이 되고 얻은 것은 반드시 무너지기 때문이다. 그래서 조사스님들은 깨달음의 흔적을 지우고 동체대비심을 실천하기 위해서 다시 티끌 세상에 들어가 화광동진하는 보살행을 실천했던 것이다.

모든 이웃과 자연을 내 몸처럼 아끼고 받드는 대승보살의 삶을 통해서 일체 상이 녹고 업력이 사라지면 자기가 혁신되고 세계를 새롭게 창조할 수 있게 된다. 설사 아무리 오랜 기간 수행했더라도 사상이 남아 있으면 가는 곳마다 부딪쳐서 동체대비심을 실천할 수가 없기 때문에 현실에서는 무용지물이다. 또한 아무리 깊은 선정이라도 들고 남이 있다면 일상생활에서 자유자재가 되지 않기 때문에 들고 남이 없는 무쟁삼매를 성취해야 한다.

그래서 존재하는 일체 모양이 모두 허망한 것이니 모든 모양에서 모양

아닌 참모양을 볼 것 같으면 보는 것이 곧 여래라고 했던 것이다. 많은 수행자들이 삼복더위에 목숨을 걸고 안거에 들었던 것은 참모양의 공한 성품을 요달하기 위하여 철저하게 바다 밑바닥을 밟고 또한 산봉우리를 밟듯이 지나가는 것이다.

세상은 지금 인재를 찾는 데 혈안이 되어 있다. 한 사람의 인재가 기업을 살리고 국가를 살리기 때문이다. 조그만 깨달음에 집착하여 산간벽지에 숨어서 작은 법을 즐기는 자가 아니라 모든 이웃과 자연을 내 생명으로 삼아 동체대비심을 실천하는 사람이야말로 참보살이며 인재이다. 일찍이 부처님께서는 이와 같이 인재의 기준과 참다운 인재가 되는 길을 분명하게 제시해 주셨다.

세상이야말로 참다운 수행처다. 수행자가 아직 남아 있는 사상을 떨치고 보살행을 실천할 수 있는 절호의 땅이며 기회이기 때문이다.

배롱나무에
꽃이 붉다.

태풍

태풍 무이파가 섬에 정면으로 상륙하여 무서운 속도로 돌진하고 있다. 유리창이 금방이라도 깨질 정도로 두들겨 패기를 수없이 반복하며 많은 비를 뿌린다. 참으로 생사를 재촉하는 태풍 앞에 두려움을 느끼지만 정면으로 응시하고 화두로 돌이키니 흔적 없이 비켜간다.

쉼 없이 불어오는 생사의 태풍 속에서는 화두삼매가 아니면 탐·진·치 삼독의 업풍을 비켜갈 수가 없다. 비록 앞생각에 어두웠더라도 바로 뒷생각에서 화두를 놓친 줄 아는 놈, 비록 한 생각에서 속았더라도 이렇게 속은 줄 아는 놈을 의지하여 흐르는 생각을 따라가지 말고 끝없이 화두로 뒤엎어야 한다.

이렇게 생사가 눈앞에 닥쳐와서 언제 죽을지 모르는 목숨인데도 급한 줄 모르고 수행하지 않는다면 죽더라도 참으로 사람 몸 받기가 어려울 것이다. 모든 것이 거꾸로 보이기 때문이다. 동물을 사람으로 착각하여

동물의 몸으로 들어가서 가죽을 쓰고 나온다고 조사스님들은 설하고 있
다.

이 몸 이때 건지지 못하면 어느 생을 기약할 수 있겠는가. 세상에는 많
은 수행법이 있지만 가장 지극한 깨달음인 구경究竟은 화두 수행이 최상
의 길이다. 화두삼매에 모든 업력이 녹고 마침내는 생사에 자재하기 때문
이다. 오로지 자나 깨나 일념삼매인 오매일여를 통과하여 화두를 타파
하고 대자유를 성취해야 한다. 알음알이는 생사에 바로 직면하면 자기
몸도 건지지 못한다. 화두 의정에는 일체 알음알이가 용광로에 눈 녹듯
이 흔적도 없이 사라지고 바로 무념삼매가 현전한다.

무이파가 양변을 거꾸러뜨리니
풀잎마다 꽃비가 내린다.

계룡산 학림사 오등선원에서
여름 안거에 들어간 도반스님이 수행의 열기를 전해 옵니다.
오동나무는 속이 가득 차려면
다섯 번을 베어 주어야 한다고 해서 오동나무라고 한답니다.
도반스님과 안거 전에 탁마를 했습니다.
이번 여름 안거를 통해서 죽었다가 다시 살아나야 되겠습니다.

철저히 죽어서 바다 밑바닥을 밟고
철저히 살아서 산의 정수리를 밟으니
산하대지가 금빛으로 변하고
황금빛 봉황이 너울너울 춤을 춥니다.

태풍 전야

태풍 전야에 더없이 아름다운 노을이 앞산에 걸쳤다. 오늘은 올여름 들어 가장 더운 날이다. 하루 종일 도랑을 정리하면서 태풍 대비를 마치니 몸은 피곤하지만 도랑이 말끔해서 개운하다. 저녁 공양을 마치고 앞마당을 거닐며 금강경을 독송하고 나서 관음상 앞에 나아가 이번 태풍에 모두가 무사하기를 기도한다.

온종일 가마솥처럼 달구어진 지붕은 이제 서서히 열기를 식히고 있다. 앞산에 걸친 찬란한 노을을 바라보며 태풍 무이파의 이름처럼 두 가지 양변의 차별 견해가 무너지면 세상은 아름답고 평화로울 것이라는 생각을 해 본다. 너와 나, 남녀 등 일체 차별 견해 때문에 범부의 고통은 끝이 없다. 더욱 하심하여 자신을 낮추고 상대를 배려하면 서로 소통이 이루어지고 뜨거운 기운이 바로 뒤집어져서 청량한 바람이 불어올 것이다.

태풍의 눈은 고요하지만 그 세력은 세상을 뒤집고 지나가듯 우리는 항

상 선정과 지혜를 평등하게 가져야 한다. 어떠한 시비에도 안주하지 말
고 바람처럼 허허롭게 지나가야 한다. 뒤집기의 명수인 태풍이 바다를 뒤
집듯이 한 생각 중생심이 일어나면 바로 알아차려 화두로 바로 뒤집으면
청산은 본래 움직임이 없고 흰 구름이 걸림 없이 오고가는 소식을 일상에
서 바로 쓸 것이다.

오욕팔풍의 태풍에도
깊은 선정력으로
바위처럼 흔들리지 말아야 한다.

그대와 나는
하나

돌담 앞에 나리꽃이 활짝 피었다. 소담하고 수줍은 미소가 정갈한 여인의 품위를 생각하게 한다. 하지만 그것도 잠시, 몇 년 선에 섬을 휩쓸고 지나간 태풍 나리의 아픈 기억이 떠오른다. 지금 중부지방은 많은 인명을 살상하는 야심한 비가 계속되고 있다. 어서 빨리 그치고 수습되어 편안한 일상이 되기를 기도한다. 어제와 오늘 내내 인연 있는 사람들의 안부를 물었다.

자연의 반란이 심각하게 다가오고 있다. 인간의 지나친 이기심이 부른 재앙이다. 이제 눈앞에 펼쳐진 대재앙 앞에 겸허히 반성하고 인간과 자연이 공존하는 새로운 질서를 만들어야 한다. 각자 자신이 서 있는 위치에서 실천할 수 있는 길이 있을 것이다. 설거지할 때 세제와 물을 적게 쓰고 휴지 한 장을 아껴 쓰는 것도 작은 실천의 길이다. 서암 전 종정스님께서

코를 풀고 난 휴지를 말려 해우소에서 재활용하시는 모습을 본 적이 있다. 나도 그것을 배워 진작부터 실천하고 있는 중이다.

이번 태풍이, 자연의 재앙을 통해서 무상의 진리를 배우고 발심하는 전기가 된다면 더없이 귀한 시간이 될 것이다. 내가 언제 죽음 앞에 서게 될지 아무도 모르기 때문이다. 사람으로 태어나서 깨달음을 등지고 산다는 것은 참으로 슬픈 일이다.

사람과 사람 사이 선의의 경쟁은 패배를 깨끗이 인정하고 상대를 다시 일으켜 세워서 격려하는 멋이 있다. 그러나 오늘의 삶은 상대가 쓰러져야 내가 사는 악의적인 경쟁으로 인간성을 파괴한다. 이제 냉정한 동물의 승부로는 공멸할 수밖에 없다는 것을 자연은 재앙으로 일깨우고 있으니 그만 멈춰야 한다.

상대가 살아야 내가 사는 선의의 멋진 경쟁은 너와 내가 둘이 아니라는 동체대비심이다. 사람마다 본래 부처이지만 부처가 발현되기 위해서는 고통과 인내가 동반되는 선의의 경쟁과 단련이 반드시 필요하다. 그래서 나타난 결과로 부자는 부자답게 베풀 줄 알고 또한 가난해도 비굴하지 않아 마음은 맑고 평화롭다.

해지는 돌담 앞에 나리가 고개를 숙이고 있다.

새벽안개

고향 마을 제석사를 다녀왔다. 사십구재가 있어 아침 일찍 안갯속을 헤치고 바다를 건너갔다. 한가롭게 안개 낀 도로를 달리니 기분이 상쾌하다. 어릴 적 커다랗던 고향 마을은 왠지 작아 보이고, 작고하신 부친의 친구들은 아직 정정하여 부럽기만 하다.

여름 안거를, 금강경 오가해를 독송하고 공부하는 것으로 보냈더니 목소리가 트여서 염불성이 그윽하고 우람하게 나와 환희심이 일었다. 범부들은 아상·인상·중생상·수자상이라는 사상에 찌들고 물들어서 사는 것이 삼복더위를 지내는 것처럼 괴롭기만 하다. 그래서 참으로 무섭고 질긴 사상의 뿌리를 송두리째 뽑아 버려야 하는데 이는 오직 일념의 틈도 주지 않는 화두 의정이 아니면 안 된다.

그동안의 정진이 재를 지내면서 점검된다. 수행하는 사람은 앞생각이 일어나면 바로 알아차리고 뒷생각이 일어나기 전에 화두로 돌이켜 일상

그대로가 한결같아야 한다. 점점 정진이 깊어지면 꿈속에서도 일여하고 깊은 숙면에서도 일여하여 마침내 타성일편을 이루고 범부가 성인이 된다. 그리하여 가는 곳마다 주인이 되고 서 있는 곳마다 행복이 넘치게 되는 것이다.

안개가 그치니
팔영산 여덟 봉우리마다 부처가 의젓하다.

목우가풍

올해 장마 때는 예년에 비해 비가 많이 왔다. 갈수록 자연의 이상 난동이 심해질 것이라는 전망에 걱정이 된다. 바다 안개를 헤치며 모처럼 송광사를 다녀왔다. 섬에는 비가 이틀째 그쳤는데 송광사에는 세찬 장맛비가 쏟아지고 있었다.

장맛비에 불어난 계곡물은 물보라를 일으키며 급하게 주암댐으로 흐르고 있었다. 바다의 파도소리가 사자의 울부짖음처럼 일체의 생각을 끊는다면, 계곡물은 자꾸 뒤를 돌아보고 달려가는 여우처럼 알음알이를 만들어 요란하다.

십여 년 동안 여름 수련회 지도법사로 지내면서, 가뭄으로 계곡물이 마르고 찜통더위와 부족한 식수로 고생했던 어느 해의 기억이 떠오른다. 또한 불어난 계곡물에 잠기는 침계루에 올라 잠시 차를 마시며 더위를 식혔던 어느 해 여름의 추억도 아련하다.

〈선과 문화〉에서 송광사의 목우가풍 취재차 방문하여 귀한 만남을 가졌다. 그칠 줄 모르는 장맛비 속에서 계곡물 소리의 장엄한 합창을 들으며 목우가풍을 기자에게 들려주었다.

《수심결》에서 보조 국사는 저기 까치가 울고 까마귀가 지저귀는 소리를 듣느냐고 묻는다. 나는 기자에게 저기 장대비 소리와 장엄한 계곡물 소리를 듣느냐고 물었다. 이어 무엇이 듣느냐고 물었다. 만약 귀가 듣는다면 송장은 귀가 있어도 듣지 못하니 그러면 무엇이 듣느냐고 다시 물었다.

비록 모양은 없지만 지금 들을 줄 아는 것을 바로 돌이켜 들으면 이것이 관세음보살이 깨달음에 들어간 인연이라고 설해 주었다. 기자는 바로 알아듣고 며칠 전에 끝난 수련회의 공덕이라며 법사스님의 은혜를 찬탄하였다. 세상에는 수없는 만남이 있지만 법을 가르쳐 준 인연의 공덕은 한량이 없으며 가장 귀한 인연이기 때문이다.

보조 국사는 오늘날처럼 혼란했던 고려 중엽 12세기에 태어나 동진으로 출가하여 일정한 스승 없이 불법을 익혔고, 25세에 승과에 합격하여 담선법회를 주재했다. 그리고 나서 동학들과 더불어 혼탁한 고려 불교를 바로 세우기 위해 정혜쌍수 결사에 들어갔다. 또한 선과 교가 원수처럼 다투는 것을 보고, 교는 부처님이 입으로 설한 법문이며 선은 조사가 마음으로 전한 심인이니 입과 마음이 둘이 아니라는 선교일치를 부르짖었다. 이어 근기가 하열한 사람들을 위한 정토신앙까지 포섭하는 회통불교를 제창하여 모든 다툼을 융합하였다.

여기에서 실천 사상으로 정혜쌍수와 돈오점수를 모토로 하였던 것은 모든 근기를 통섭하는 자비심의 발로였다. 오늘날도 옛적과 다름없이 수행한다는 사람들이 세상의 고통을 외면하고 조용한 곳을 즐기며 고요를 탐하는 것은 선정에 치우친 어리석은 참선이다. 또한 보조 국사는 교학의 알음알이에 치우쳐 실천하는 보살행이 없으면 광혜狂慧라고 꾸짖으며 반드시 선정과 지혜를 균등히 하여 함께 닦아야 함을 역설하였다.

말년에 보조 국사는 한국 최초로 간화선을 제창하여 일체 알음알이의 지해를 소탕하는 경절문 활구를 최상의 길로 제시하였다. 화두가 아니면 수행한다고 하지만 많은 세월이 걸리니 단박에 화두 의단으로 성품을 철견하면 바로 여래요 부처라고 했다. 그러면서 모든 근기가 함께하는 수행의 길을 제시하였는데 먼저 마음이 부처임을 돈오(깨달음)하고 나서 돈오에 의지하는, 닦음 없는 닦음인 정혜쌍수와 보살행의 실천을 강조하신 것이다. 많은 사람들이 수행의 길에서 헤매고 수행의 공덕이 현실에 나타나지 않는 것은 이와 같은 바른 수행을 하지 않았기 때문이다.

비록 돈오돈수가 상근기의 길이라고 하지만 전생에 수없이 닦은 수행의 공덕으로 인한 결과이니, 돈오점수가 모든 성인들이 지나온 한결같은 길이라고 했다. 마치 어린아이가 태어나면서 사람인 것은 분명하지만 어른처럼 공력을 쓰지 못하는 것은 점차로 힘이 자라기 때문이다.

오늘날의 세상은 점점 양극화로 치닫고 있다. 다문화 가정이 늘어나고 세상의 갈등은 더욱 심해지고 있다. 모든 갈등을 화해시키는 길은 모든 근기의 차별을 인정하고 함께 손잡고 나아가는 돈오점수의 길이며, 깨달음과 보살행이 함께하는 정혜쌍수의 길이다. 비오는 날의 수채화는 사람과 자연, 남자와 여자 등 일체 양변의 시비를 멈춰 끝없이 흔들리고 흐르게 한다.

연꽃처럼 아름다운 조계산은
한 폭의 수채화로 흐르고 있다.

물의 인연

폭염이 사라진 저녁 시간을 따라 연못에 들러 본다. 얼른 두 손 모아 얼굴을 씻고 열 손가락 마디마다 나타나는 부처님을 보면서 물의 고마운 인연에 감사 드린다. 올 여름처럼 물의 소중함을 절실히 느껴 본 적이 없다.

수련회 기간 동안 한꺼번에 많은 사람이 다량의 물을 쓰니 문제가 일어난 것이다. 몇 년 전 한 일본 작가가 쓴 물에 관한 책을 읽은 기억이 난다. 물은 사람의 마음을 알고 있어서 아름답고 감미로운 음악을 들려주면 육각수의 아름다운 결정체가 나타나고, 반면 시끄럽고 요란한 음악을 들려주면 찌그러진 결정체가 나타난다는 내용이었다.

그래서 사람들을 만나면 우리 몸은 70퍼센트가 물로 구성되어 있으니 항상 긍정적이고 감사하는 마음으로 좋은 말을 해야 한다고 법문을 했다. 새벽마다 올리는 예불문 향수해례香水海禮에서는 "이제 제가 올리는 맑은 물이 감미로운 차로 변해지이다"라고 염송을 한다.

모든 사람이 본래 부처이니 목마른 사람을 만났을 때 부처님을 만난 듯이 맑은 물 한 잔을 올리며 이와 같이 축원한다면, 폭염의 불꽃은 어느덧 청량한 바람으로 변할 것이다.

해가 지고 나니 이윽고 뜨거운 불꽃이 사라진 평화로운 모습이 두루 펼쳐진다. 해가 지고 있는 서쪽 하늘 끝은 어떤 세상일까. 연못엔 붉은 연꽃이 피어 있고 산꼭대기에서는 시원한 바람이 내려온다. 더없이 안온한 극락세계가 바로 그곳이다. 그래서 경전에서는 극락세계가 서쪽에 있다고 했을 것이다.

탐내고 성내고 어리석은 삼독심은 끝없이 폭염을 일으키는 재료이니 나오자마자 바로 알아차리고 화두로 돌이킨다면 그 자리에는 히말라야 설산이 나타나게 될 것이다. 그 자리가 더위를 피할 수 있는 가장 쉽고도 가까운 유일한 곳으로, 모든 불꽃이 사라져 버린 열반의 세계 니르바나이다.

그간 얼마나 많은 세월 티끌을 이 자리에 놓고 놓았던가. 오로지 자나 깨나 앉으나 서나 당신 생각만 하면 바로 업력이 녹아지고 맑은 바람이 일어난다. 이것은 모든 부처님과 일체 중생이 평등하게 가지고 있는 성품이고 흔히 마음이라고 하지만 스스로는 이름이 없는 것이다. 그래서 우뚝 홀로 드러나면 문수이고 자비로울 때는 관세음이요, 덕을 실천할 때는 보현이며 스스로는 부처요 여래다.

이제 폭염 속에서도 더없이 시원한 바람이 불어오는 것은 밑바닥이 드러남일까 하고 환희로운 미소를 지어 보지만 살필수록 뼛속 깊이 맑은 바람이 일어나니 남은 세월에 이 일밖에 할 일이 더 있겠는가.

탐진치 삼독의 불꽃이 사라지니
산꼭대기에서는 청량한 바람이 내려오고
걸음마다 연꽃이 피어나나니
바로 이곳이 극락세계로다.

구산선문
가지산 보림사

장마가 잠시 쉬어가는 사이에 구산선문의 하나인 가지산 보림사를 참배했다. 조계종 종조인 도의 국사는 서당 지장 선사의 법을 받았으며 백장 선사로부터 거듭 심인을 확인 받아서 귀국하였다.

하지만 당시 신라에서는 교학 불교가 성하여 선불교를 알아듣지 못하자 도의 국사는 설악산 진전사로 들어가 은거하였다. 마치 달마 대사가 양무제를 만났지만 알아듣지 못하여 소림굴에서 면벽했던 인연과 비슷하다고 할 것이다.

법은 2대 제자인 염거에게 전했으나 3대인 보조 체징 선사가 비로소 가지산문을 개창하여 보림사에서 크게 선법을 떨쳤다. 이것이 한국 선불교의 역사이다. 역사적인 선종 도량에서 하루를 묵으며 정진했다.

비로자나불 깊고 그윽한 미소에
산이 다하고 물이 다하여
마침내 보림의 숲에 쉬었나니
밤새워 소쩍새는 지음자가 되어 주네.

비로자나불 깊고 그윽한 미소에
산이 다하고 물이 다하여
마침내 보림의 숲에 쉬었나니
밤새워 소쩍새는 지음자가 되어 주네.

등불 하나

밤새 태풍이 무서운 기세로 몰아쳐 온통 깨어 있게 하더니 일주문 앞에서 바라본 파도는 성난 기운을 잠재우지 못하고 아직 산더미처럼 몰려오고 있다. 빛은 물을 비추지만 젖지 않고 불을 대어도 타지 않으며 바람을 일으켜도 흩어지지 않는다. 장마철에 꺼지지 않는 마음의 등불 잘 간수하여 습기에 물들지 않고 우울한 생각이 일어나면 얼른 비춰서 빛으로 화합시키기를 발원해 본다.

보리수 붉은 열매는 칠흑 같은 어둠 속에서
태풍의 눈처럼 고요한 등불을 치켜들고 있다.

지난 여름은 참으로 더워서
한 오라기 실도 걸치지 않았는데
비로소 오늘 새벽 귀뚜라미 울음소리에
천하에 가을임을 알았네.

이제
더우면 불속으로 들어가고
추우면 얼음 속으로 들어가고
다시 십자거리를 노닐며
먼지를 뒤집어써 볼까 한다네.

서산 대사와 호국호법

서산 대사는 불교 배척이 극심했던 시기에 태어나 일찍이 부모님을 여의고 출가하여 승과에 급제한 뒤 선교양종판사로 계셨다. 대사께서는 선교 양종을 하나로 묶어서 선교불이禪敎不二의 조선 불교를 크게 중흥시켰다. 또한 차라리 바보가 될지언정 말 잘하는 앵무새가 되지 않겠다는 서원으로 투철하게 정진하여 장부의 일대사를 요달하였다. 그리고 뛰어난 제자들을 길러 내어 꺼져 가던 조선 불교를 중흥시켰다.

고려는, 수많은 외침 속에서도 불교문화 창달로 금속활자와 대장경 조성이 활발하였고 여성의 지위도 높았으며 사상과 문화의 다양성이 사회 전반에 풍부한 나라였다. 그러나 조선은 불행하게도 숭유억불정책으로 문화의 다양성은 사라지고, 끝없는 권력의 피비린내 나는 살육으로 힘없는 백성들은 도탄에 빠져 굶주림 속에서 죽어 갔다.

바야흐로 임진왜란이라는 풍전등화의 국가 전란 앞에서도 조정은, 당

파싸움에 매몰되어 힘없는 백성들을 지켜내지 못했다. 그 시대 우리들의 국가는 없었다. 마침내 선조의 부름을 받은 서산 대사는 크게 고민하지 않을 수 없었다. 그동안 《삼가귀감》을 저술하여 회통의 정신으로 숭유억불의 틈바구니 속에서 꺼져 가는 부처님의 혜명을 살리고자 했지만 크게 만족하지 못했기 때문이다.

비록 칠십 노구의 몸이었지만 힘없이 죽어 가는 백성을 살리고 꺼져 가는 법의 등불을 밝히기 위해서 호국호법의 취모검을 들지 않을 수가 없었다. 대사께서는 일체 생명이 내 생명과 평등하여 둘이 아님을 철저하게 요달하였기에 활인검의 방편을 보이셨던 것이다. 임진왜란을 통해서 호국호법의 활인검을 보이신 것은 모든 백성을 차별 없이 품에 안으려는 순수한 대비심의 발로라 할 수 있다.

부처님의 자비 사상은 차별이 없어 길을 가다가 밟히는 미물 곤충이 있으면 보리심을 발하라고 축원을 올리는 데까지 이르고 있다. 사람이 산다는 것은 많은 동식물을 먹어야 하는 살생의 연속이다. 그러나 먹지 않으면 내 생명을 죽이게 되니 이 또한 살생이다. 그래서 적게 먹되 인연 닿은 생명들에게 발보리심하라고 반드시 축원해 주어야 한다. 이러한 자비심을 바탕으로 하는 생명평화운동이 새로운 호법의 대안이 될 것이다.

그동안 나라 사랑 글짓기를 통해서 호국호법사상을 선양해 온 대흥사에서 이번에 소설 《서산》을 출간하였다. 오늘날 한국 불교와 선맥이 대부분 서산 대사의 후손으로 이어져 내려오고 있다. 이번 일을 계기로 대사의 유업을 계승하는 데 더욱 정성을 다해야 할 것이다.

오늘날 불교의 현실은 종교 갈등 및 남북 대치와 주변 열강들의 패권

다툼 사이에 놓여 있어 과거와 크게 다르지 않다. 대사의 지혜가 더욱 필
요한 때다. 또한 군 포교를 더욱 활성화해 자비무적의 힘을 배가해야 한
다. 아무쪼록 보훈의 달을 맞이하여 호국영령들의 극락왕생을 빌며 대사
를 기리는 국가 제향이 다시 이어지기를 발원한다.

서산에 휘영청 달이 밝으니
남북이 평화롭고 이웃마다 정이 넘치며
가정에는 웃음이 가득하다.

선지식을 찾아서

선재동자가 선지식을 찾아서 남쪽으로 향했듯이 부산 다대포 바닷가에 선지식이 살고 있어 그를 찾았다. 마치 장수하신 백세 부모님을 향한 지극한 효심에 일체 상이 녹은 듯한 얼굴은 운주사 부처님처럼 넉넉하게 익어 있었다. 부처님께서 열반을 보였듯이 깨달은 도인이라도 육신은 생로병사를 피해갈 수가 없으니 생멸의 순리에 따르는 것이 또한 불생불멸의 이치이기 때문이다.

몇 년 전에 만났을 때는 밤새워 탁마해도 지칠 줄 모르는 체력이었는데 이제 눈도 어두워지고 이도 틀니로 맞추고 다리도 아프다고 하니 왠지 자주 찾아뵙지 못한 마음에 가슴이 시리다.

하지만 육신은 나이가 들어 점점 쇠퇴하고 있지만 수행의 지혜는 더욱 깊어지고 있었다. 죽음마저 초연하게 받아들일 준비를 하고 있으니 수행의 깊은 향기는 감출수록 배어나는 것 같다.

그는 한창 공부길에서 헤매고 있을 때 선지식으로 다가와서 커다란 경
책으로 길을 가르쳐 주신 참으로 고마운 인연이 아닐 수 없다.

새벽에는 은은한 달빛
성성하게 깨어나는 별들.
가랑잎 구르는 소리에
불일의 미소를 맞는다.

무등의 등불

등불은 어두운 밤길을 가는 데 필요한 안내자로, 불빛은 지혜이며 등은 선정으로 마음의 등이라 할 수 있다. 지혜만 있고 선정이 없으면 영리하지만 시끄럽고 자비심인 인간미가 없이 건조해 보이기 쉽나. 또한 착하고 조용하지만 일체 경계가 바로 마음임을 알아차리는 지혜가 없으면 인정에 치우치고 대상에 집착하여 효율성이 떨어진다.

그래서 절에 가면 먼저 촛불을 켜는 것이다. 향을 올리는 것은 자신의 몸을 태우는 자비심과 정진을 기르자는 것이고 물을 올리는 것은 궁극에는 어디에도 머물지 말고 흘러 흘러서 마음의 바다에 이름을 가르치고 있다.

유치원 유아들 종이 놀이처럼 고운 한지로 꾸밈없는 등을 만들어 인연 있는 불자들의 이름표를 붙여 주었다. 모두에게 지혜와 자비심이 가득하길 발원해 본다.

밤사이 많은 비가 내렸지만
가난한 여인의 다함이 없는 착한 등불은
꺼지지 않았다.

붉고 검다

텃밭에 고추와 가지를 심었다. 큰비가 오려는지 세찬 바람이 불고 하늘은 온통 먹구름으로 가득하다. 수행하는 사람은 오로지 자나 깨나 성성적적하게 삼매가 현전하는지 살피고 또 살피는 것이 하는 일이다.

며칠 전에는 일을 해서 피곤했는지 첫잠에서 깨어나 보니 주위가 온통 어두워져 있었다. 그간 오로지 화두삼매로 자나 깨나 한결같았는데 크게 당황하지 않을 수 없었다. 자세히 점검해 보니 그만 자만에 빠져 공부를 방심했던 결과였다.

최후의 일념인 깨달음의 흔적조차 지우고 나면 중생 그대로가 부처이고 번뇌와 깨달음이 둘이 아니다. 그러나 범부는 중생이라는 생각에 떨어져서 괴롭고 수행자는 부처라는 생각에 머물러서 자유자재하지 못하다. 그러므로 부처도 세우지 못하고 중생도 세우지 않는다고 했다.

다시 크게 발심을 일으켜 고봉 선사가 일대사를 마쳤던 화두를 다시 한번 점검해 보았다. 자나 깨나 정진의 끈을 놓치지 말아야겠다.

크게 피곤해서 첫잠에 떨어져 꿈도 없을 때
나의 주인공은 어느 곳에서 안심입명하는가.
고추는 붉고 가지는 검다.

화쟁의 길

흠뻑 내린 봄비가 그치고 나니 겨우내 깊은 잠에서 깨어난 여린 숲은 동자승처럼 해맑은 미소를 짓고 산새들은 부지런히 가지를 오르내리며 묘용을 나툰다.

부처님께서는 사문유관을 통해서 모든 존재의 고통이 나의 문제와 둘이 아님을 깊이 자각하고 성문을 빠져나와 출가를 결행하였다. 처음에는 육사외도를 만나 가르침을 받았지만 몸과 마음을 둘로 보는 이분법이어서 해결의 실마리를 찾지 못했다. 또한 마지막으로 고행을 선택하여 죽을 지경에 이르렀지만 깨달음을 성취하지 못하자 용기를 내어 그간에 익히고 배운 수행법들을 모두 버리기로 마음먹었다. 그리하여 보리수 아래 홀로 앉아 마침내 샛별을 보고 다툼이 없는 중도불이의 세계를 깨닫게 되었다.

신라시대 원효 대사는 모든 종파의 대립이 참으로 심각함을 깨닫고 백가의 쟁론을 하나로 회통하는 일심중도인 화쟁의 길을 제시하였다. 오늘날 우리에게는 남북 대립과 끝없는 갈등이 일어나는 다종교 다문화 속에서 어떻게 모든 개인의 자유가 보장되고 다양한 문화가 공존하는 길을 열어갈 것인지가 새로운 화두로 떠오르고 있다.

간화선에서는 모든 대립과 갈등의 결과인 고통의 현실을 먼저 투철하게 자각할 것을 요구하고 있다. 그러면 발심이 일어나고 고통의 현실은 흔적 없이 사라져 연생연멸하는 마음을 볼 수 있기 때문이다.

조사들은 바로 깨치라고 무심에서 나온 한마디를 일러 주었다. 이것이 공안인데 처음부터 의심하라고 공안을 제시한 것은 아니다. 그러나 깨치지 못한 학인은 목에 가시가 걸리듯이 의정이 성립하는데 이것이 화두이다. 보통 초심자들은 의심을 하지만 사량심과 이기심을 벗어날 수가 없으며 집중만 있고 반조가 없기 때문에 고통의 현실과 근본적으로 화해할 수가 없다.

그러나 마음이 본래 부처임을 믿고 나와 세계가 둘이 아니라는 자비심을 일으키면 수행의 대반전이 일어나 비로소 바른 의정이 성립되고 고통의 현실은 서서히 풀리게 된다. 일체 경계가 바로 마음의 나툼이기 때문에 바로 알아차리고 의정으로 돌이키면 주객의 대립이 사라지고 화합과 소통이 일어나 눈앞에는 자비와 지혜의 세상이 열린다. 이것을 견성이라고 한다.

비록 성품을 보았지만 사람마다 근기의 차이가 달라서 업력은 한꺼번에 없어지지 않는다. 그러나 일체 경계가 오직 마음임을 알아차려 반드시 화두인 의정으로 터치해 주면 바로 성품이 출현하여 다툼이 사라진다. 간화선에서는 마음이 세계를 만나는 순간 의정인 화두를 터치함으로써 마음과 세계가 둘이 아닌 원융무애의 화쟁이 이루어진다. 이것이 오후의 보림 공부로 누리는 화두 참구이며 보살행이다.

하지만 업력이 치성하여 염념이 알아차려 화두 의정으로 돌이켜 제도하는 것은 참으로 지난한 작업이 아닐 수 없다. 또한 수승한 지견을 취하면 활로가 막히게 되는데 이때 다시 몸을 추스르고 나아갈 수 있는 힘은 오직 제도해 주기를 바라는 부모와 단월들을 향한 원력뿐이다.

마음이 본래 부처라는 확실한 믿음을 성취하면 비로소 눈앞에는 모양도 없고 이름도 없으며 '오직 모를 뿐'인 화두가 돈발하게 된다. 화두는 조사들의 무심에서 나온 언어 이전의 소식이기에 여기에 한 생각이라도 붙기만 하면 대립이 생기고 다툼이 일어나 길을 잃고 방황하게 된다. '오직 모를 뿐'을 홀로 운전해 가면 마침내 모를 줄 아는 성품을 요달하여 일체 대립과 다툼이 그쳐서 세계와 걸림 없는 소통이 이루어진다.

파도는 이랑마다 부처를 나투고
나무들은 연둣빛 일색으로 달려가고 있다.

햇살은
따갑고
보리수는
붉고

뻐꾸기는
뻐꾹
뻐꾹
뻐꾹

33천

하늘을 흐르던 흰 구름이 백목련 가지에 내려와 앉았다. 어제는 고향 마을 제석사 대웅전 건립 천일기도 회향식에 다녀왔다. 오로지 천 일을 두문불출하고 하나를 관하여 마침내 빛이 열리는 날이었다.

사람의 마음은 이 가지 저 가지를 옮겨 다니는 원숭이처럼 잠시도 가만히 있지 않고 움직인다. 그래서 하나를 오롯이 하여 하루를 지내기가 쉽지 않기 때문에 기간을 정해서 기도를 하거나 참선을 하게 된다. 보통 백일기도가 있는 것은 백 일만 마음을 모으면 이루어지기 때문이다.

불교에서 말하는 하늘의 세계는 욕계, 색계, 무색계를 말하며 33천으로 이루어졌다. 결국에는 마음의 하늘이지만 보통 사람들은 천상세계, 즉 천국에 나는 것이 원이다. 왜냐하면 고통이 없기 때문이다.

하지만 불교에서는 아무리 고통이 없는 천상세계지만 복이 다하면 다시 업력에 따라서 고통을 받기 때문에 수행을 통한 궁극의 열반을 목적으로 하고 있다. 하나의 세계를 선에서는 마음이니 불성이니 반야라고 한다. 하나의 세계는 일체 이름과 시공이 끊어졌지만 결국에는 거기에서 벌어진 것이 현상의 모습이니 다시 하나를 회복하면 일체의 세계에서 자유롭게 된다. 하나가 전체이고 하루가 천 일이며 순간이 천 년인 줄 분명하게 믿고 오로지 일어나고 사라지는 현전일념을 관찰하여 순간 하나로 돌이키면 순간이 천 일로 드러난다. 그래서 금강경 오가해에서는 이 하나는 수많은 세월이 지나도 예가 아니고 만세에 함께하지만 항상 지금이라고 했다.

봉두산 아래에 자리한 제석사는 참으로 물이 좋고 멀리 바다가 보이는 명당의 산세를 가지고 있다. 어릴 적 뒷산을 오르내리며 호연지기를 기르던 때가 그립다. 인류의 문명사에서 불의 발견이 획기적인 전환점을 이루었듯이 부처님께서 깨닫고 보니 모든 중생이 본래 부처라는 불의 발견은 '아시안 네오 르네상스'를 열어가는 핵심이 될 것이다.

바윗돌은 끝없이 부딪치면 불이 일어나지만 사람은 탐·진·치 삼독의 불이 꺼져야 진짜 불이 일어난다. 대웅전은 모든 생명의 원천인 불씨를 보관하여 중생들이 무명으로 꺼뜨린 불을 다시 붙여주는 성스러운 장소이다. 사람들은 탐내고 어리석으며 성내는 마음 때문에 불이 꺼져서 어둡게 살고 있다. 지나간 허물을 참회하고 '고맙습니다' '미안합니다' '사랑합니다' '힘내세요'라는 말을 따뜻하게 해 주면 꺼진 불이 다시 살아나듯 마음의 등불이 켜진다. 하지만 불을 다시 꺼뜨리지 않으려면 잘 보호하고 간직해야 하기에 끝없는 정진이 필요하다.

멀리서 찾아오신 선배스님을 만나서 수행에 관한 진솔한 이야기를 나

누고 다시금 그간의 수행을 점검하는 값진 시간을 보냈다. 아무쪼록 천
일기도의 원력이 원만하게 성취되기를 두 손 모은다.

뜰 앞에는
하얀 목련이 지고 있다.

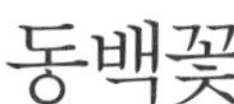

동백꽃

선실 앞에는 기다리던 동백꽃이 피어오른다. 지난 겨울 매서웠던 추위와 구제역을 무상발심으로 다스려 타들어간 가슴을 회복하고 붉은 마음으로 등불을 환하게 밝히고 있다.

옛 백제인의 숨결이 살아 숨 쉬는 이웃나라 일본에 큰 환란이 일어났다. 지금은 오직 큰 환란 앞에서 서로 돕고 위로하는 마음이 우선일 것이다. 다행히 일본 사람들은 시민 의식이 투철하여 큰 혼란 속에서도 질서 정연하고 의연하게 대처하고 있다. 이웃이 잘 살아야 우리도 좋은 법이니 이번 기회에 기나긴 역사의 인과를 반성하고 도우며 잘 풀어야 할 것이다.

오래전 인도 위빠사나센터에서 같이 수행했던 일본 스님의 초청을 받아 함께 일본을 여행하면서 지금의 지진이 난 지역에 가서 구경을 잘 했던 기억이 새롭다. 나 역시 스님을 섬에 초청하여 한국 절을 두루 보여 주었는데 스님은 송광사 선방에서도 한철을 잘 살고 갔다.

지금 후쿠오카에서 작은 절 주지 소임을 맡고 있는 스님은 한국 스님들에게 많은 배려를 하고 있다. 스님과는 거의 해마다 번갈아 방문하며 우정의 교류를 계속하고 있다.

부산에서 배로 하루 저녁이면 도착하는
가까운 이웃 나라,
지금의 재앙을 떨치고 동백꽃으로 다시 일어나길
두 손 모은다.

자타불이

텃밭에는 이름 모를 풀꽃이 피어오르고 있다. 어김없는 자연은 순환의 법칙을 거스르지 않는다. 이웃 나라가 처한 자연의 재앙 앞에서 세계는 지금 인종과 종교, 사상을 떠나 하나로 만나고 있다. 이처럼 상의상관相依相關의 그물로 연결되어 있어 사람은 홀로 존재할 수 없다는 사실을 무위법의 자연은 가르치고 있다.

일본인들이 극심한 혼란과 공포 속에서도 침착하게 대응하고 서로 배려하는 모습은 오랜 자연의 재앙에서 배운 지혜일 것이다. 하지만 지난 아이티 지진 사태는 안타깝게도 약탈과 혼란의 연속이었다.

부처님께서는 일체 중생이 본래 부처라고 하였다. 그런데 불성은 근본에서는 아무런 차이가 없지만 발현에서는 위의 두 모습처럼 나타난다. 그 가운데 하나는 교육과 수행을 통해서 정화하고 거듭남으로 해서 사람이 꽃보다 아름다운 대긍정의 모습이다.

　조주 선사는 한 학인이 찾아와서 "큰 재앙이 닥쳐오면 어떻게 합니까?"라고 물으니 지금이 마침 좋은 때라고 대답했다. 어떠한 상황에서도 불성은 함께하고 있어 굳게 믿기만 하면 불안과 공포는 흔적 없이 사라지고 순수한 마음이 나타나기 때문이다. 사상과 인종의 갈등은 사람을 서로 등지게 만든다. 하지만 자연 앞에서 인간은 보다 순수하고 티 없는 불성이 발현된다. 이것은 나의 생명이 전체 생명이라는 상의상관의 인류애의 모습일 것이다.

　바람이 불고 날씨가 다시 차가워지고 있다. 추위에 떨고 있을 이웃 나라 사람들이 염려스럽다. 재앙이 빨리 수습되어 다시 활기찬 모습으로 일어날 것을 발원해 본다.

꽃보다 사람

꽃샘추위가 다시 찾아와 아침 기운이 싸늘하다. 한동안 정진한다고 대문을 잠그고 출입을 끊었다가 오랜만에 배터에 나섰더니 만나는 사람마다 반갑게 인사를 건넨다.

모처럼 은사스님이 계신 송광사에 다녀왔다. 거리의 풍경은 포장 공사로 새롭고, 건설 중인 연륙교의 상판 하나가 마지막으로 오르고 있었다. 다리 아래로는 제주도로 떠나가는 배가 운수납자인 양 걸림 없이 미끄러져 간다.

오랜만에 운전대를 잡았더니 감각이 떨어져서 화두를 챙기고 조심스럽게 백미러를 주시하며 시야를 넓혀 간다. 일어나는 생각은 집착하지 않으면 손님처럼 왔다가 사라지고, 눈앞의 대상도 물들지 않으면 흔적이 남지 않는다. 그런데 대로변에 한창 피어나는 개나리가 순간 차창에 나타난다. 이름도 부르지 않았는데 내게로 다가온 노오란 빛깔은 하나의 꽃이 되어 고운 성품을 드러내고 사라져 간다.

송광사에 도착하니 어느덧 사시巳時로 점심 공양 시간이었다. 해제철이라서 선방 대중들은 떠나고 그저 허허롭기만 하다. 여기저기 천년 세월의 도량에는 꽃들이 다투어 피고 겨우내 끊어졌던 시내는 다시 선정과 지혜를 노래 부르고 있었다.

은사스님은 꽤 수척해 보였지만 천진한 성품은 여전해서 걸림이 없었다. 차담을 나누면서 일본에 있는 도반스님에게 전화를 걸어 안부를 물었다. 도반스님은 다행스럽게도 남쪽 지방이라서 이번 지진해일에 별 문제가 없다고 하였다.

은사스님께서 차와 책을 한 보따리 선물해 주신다. 더욱 법체 청안하시길 기도 드리면서 다시 길을 나섰다.

길을 나서면 많은 사람들을 만난다. 읍내 배터에 있는 붕어빵집에 들렀더니 아주머니께서 건강해 보이는 얼굴로 반갑게 맞아 주셨다. 그런데 인사를 건네 온 안면 있는 청년이 일을 하다 다쳐서인지 부쩍 사는 것이 힘들다고 상담을 해 왔다.

그는 김춘수 시인의 '꽃'을 읊조리며 마치 도인 같은 말투로 길게 말을 하였는데 들어 보니 그가 갖춘 생각과 철학이 보통이 아니었다. 토끼처럼 귀를 세우고 경청을 끝내고 보니, 자기는 길들여지지 않은 소이니 스님께서는 문 닫고 공부만 하지 말고 자신을 고삐 매어서 물가로 인도해 달라는 말이었다.

나는 그동안 책도 쓰고 법문도 하는 등 많은 소들을 물가로 끌고는 갔지만 그들이 물을 안 먹겠다고 하여 이제 조금 쉬고 있다고 답을 하였다. 그러고는 영리한 소는 굳이 고삐가 필요 없으니 그냥 물을 먹으라는 말을 해 주었다. 청년은 마침내 알아듣고 인생의 긴 방황의 끝이 이제야 보인다며 참으로 고맙다는 인사를 한다.

나는 오히려 내가 고맙다고 인사를 하고는, 사람은 본래 부처이니 그동안 부모님과 사랑하는 아내가 흘린 눈물을 닦아 주라고 했다. 돌부처보다 살아 있는 부처님들한테 잘해야 영험이 빠르다고 했더니, 스님의 가르침은 특별하다고 한다. 집에 돌아가서 부모님과 아내와 딸의 발을 차례로 씻겨 주며 그동안의 잘못을 참회하고 열심히 살겠다는 청년은 머지않아 그 느낌을 가지고 내게 꼭 다시 찾아오겠다고 하였다. 나도 오늘은 춥다는 핑계로 뭉그적거리지 말고 내 부처의 발을 씻기고 호강시켜 드려야겠다.

오늘은 사람이 꽃보다 예쁜 날이다.

수행의 리더십

관음상 앞에는 청매화가 운수납자의 깨어 있는 눈빛처럼 향기를 토하고 있다. 지난 겨울은 유달리 혹독하고 구제역으로 더욱 잔인했다. 참으로 인고의 겨울이었기에 시나브로 동물들의 아픔이 진한 향기로 다가와 성품의 바닥을 친다.

토끼가 지혜로운 동물로 묘사되는 것은 유달리 큰 귀로 소리를 감지하여 재빨리 위험에서 벗어나기 때문이라고 한다. 관세음보살은 세상의 소리를 듣고 그 성품을 깨달아 오온이 모두 텅 비었음을 요달하여 일체의 고통에서 벗어났다고 반야심경에서는 설하고 있다. 마찬가지로 최근 동서양에서는 리더십의 조건으로 경청을 제일가는 덕목으로 꼽고 있다.

세상의 소리를 듣지만 따라가지 않고 회광반조하여 듣는 성품을 깨달으면 이근원통으로 통찰의 지혜가 열린다. 또한 일체 생명은 평등하여 내 몸과 둘이 아니어서 나눔이라는 대비심이 생기고 다툼이 없는 평화의 세상이 열린다. 수행이란 보살행과 깨달음이 둘이 아닌 것이 마치 연꽃이 꽃 속에 열매를 동시에 맺는 것과 같은 불이법이기 때문이다.

요즈음 조계종에서는 자정과 쇄신의 결사 운동이 봄을 맞이하여 꽃불처럼 번지고 있다. 그동안 세상의 소리를 외면하고 살아온 업보를 참회하고 경청하여 관음의 통찰과 대비심으로 회향하려는 발원일 것이다. 사람은 수행으로 자정하고 시스템이라는 제도로써 쇄신하여 함께할 때 비로소 수레의 두 바퀴처럼 원만히 굴러 나갈 것이다.

이번 결사의 여러 덕목 가운데 수행은 서양뿐만 아니라 국내에서도 21세기 지식 경제의 시대에 새로운 트렌드로 자리매김하고 있다. 수행이 핵심이 되어야, 오랜 전통을 가지고 있는 조계종이 그동안의 갈등을 털어버리고 새로운 중흥의 계기를 맞을 수 있을 것이다.

그런데 어떻게 수행해야 깨달음인 자정과 보살행의 실천인 쇄신을 동시에 담보할 수 있느냐가 문제이다. 만약 둘로 본다면 현실은 뒷전이 되고 깨달음이 우선이 되어 보살행이 나오지 않아 세상과 점점 멀어지게 될 것이다.

부처님과 역대 조사들은 깨닫고 보니 일체 중생이 본래 부처라고 했다. 이와 같은 정견을 바로 믿으면 눈앞에는 바로 부처가 나타난나. 그러면 따로 깨달을 것 없이 걸음마다 보살행을 실천하게 되고, 세상은 깨달음의 향기로 가득차게 될 것이다.

고려시대 보조 국사는 혼탁했던 세상과 불교 내의 선과 교의 다툼의 심각성을 깨달아 선교불이의 정혜결사운동을 전개하고 간화선을 도입하여 선불교의 중흥을 이룩하였다. 또한 정혜불이가 되어야 올바른 수행이라는 기준을 제시하였다. 오늘날에는 우리들 하나의 도량에 다양한 모습의 신행이 공존하지만 서로 다툼이 없다. 그것은 마음이 본래 부처라는 하드웨어에 참선과 간경, 염불, 위빠사나 등 모든 수행의 소프트웨어를 하나로 융합하는 정혜불이의 마음을 닦는 모습이기 때문이다.

마음의 성질은 본래 허공과 같아서 일체 명상이 끊어지고 참으로 공적하다. 하지만 실로 아는 성질이 있어서 일체를 분별해도 걸림이 없고 자유자재한 것이 본래의 마음이다.

마음이 본래 부처라는 믿음을 성취하면 눈앞에는 마음도 아니고 부처도 아니며 물건도 아닌 것이 홀연히 돈발하게 된다. 일체 경계에 두루하는 이것이 도대체 무엇인지 모르기 때문에 '다만 모를 뿐'인 의정을 일으키는데, 이것이 '이 뭣고'의 화두이다. 그러면 아는 것은 모조리 사라지고 오직 모를 뿐이 현전하여 삼매로 나아가면 모를 줄 아는 성품을 요달하게 된다.

범부는 홀연히 한 생각 의혹이라는 무명을 일으켜 한량없는 고통을 받는다. 하지만 간화선에서는 마음이 본래 부처라는 믿음을 성취하여 일체 경계에 나타나는 마음을 의정으로 돌이키면 본래 성품에 계합하게 되는데 이것이 간화선의 원리이다.

어느덧 매화 향기 소리가 귀에 가득하여
천지는 온통 봄이다.

매화 향기

관음상 앞에는 마침내 매화가 깊은 향기를 토하고 있다. 유난히 혹독했던 지난 겨울이었기에 더욱 반갑다. 매화 향기는 날마다 기다리는 발걸음을 알아차렸는지 진한 점심의 미소를 보내고 있다.

매화는 찾아온 벌에게 아직 피지 못한 봉오리를 점두點頭한 채 묵묵히 꽃과 향기를 피워 낸다. 참으로 평화롭고 넉넉한 봄날의 향연이다. 향기를 귀로 듣고 눈으로 본다면 봄은 이제 천지에 가득하여 세계가 하나의 꽃이 될 것이다.

관세음보살은 세상의 소리를 듣고 분별하거나 따라가지 않고 듣는 성품으로 회광반조하여 깨달음을 성취하였다. 코로 향기를 맡고 분별하지 않으면 향기를 맡을 줄 아는 성품에 계합하여 비근원통의 일심에 흘러 들어간다. 그러면 다섯 가지 쌓임이 모두 텅 비었음을 요달하여 일체 고통에서 벗어나게 된다. 그러나 비었음에 머물지 않아서 다시 일체를 포용하지만 물들지 않고 색이 공이요 공이 색이어서 텅 빈 충만으로 가득하면 넉넉하고 평화로운 봄을 맞이하게 될 것이다.

비록 이치는 이렇지만 무시이래로 익힌 습기는 단박에 제거되지 않기 때문에 남은 봄날에 오로지 일체 경계와 욕망의 불꽃을 성품으로 돌이켜 놓으면 업력은 눈 녹듯이 흔적이 없다. 오로지 날이 가고 달이 차면 차차 업력은 순해지고 지혜가 나날이 증장하여 일상사에 걸림 없는 자유를 누리게 되는 것이 수행의 원리이다. 그러므로 깨달아야 비로소 바른 실천이 시작되는 것이니 이것을 수행불행修行佛行이라고 한다.

간화선에서 화두를 본다고 하는 것은 의심을 통해서 의심하는 놈을 회광반조함을 말한다. 그러나 자기 부처를 믿지 못하고 구하는 마음이나 밖으로 찾는 의심은 반조가 없기 때문에 허망하다. 설사 아무리 깊고 오묘한 대답을 했을지라도 이것은 결국에는 사량분별일 뿐 시간이 지나고 나면 흔적 없이 사라져 버린다.

만약 구하는 마음이 있어 의심을 일으킨다면 집중의 효과가 있어서 하나로 밀고 나가는 힘이 생긴다. 하지만 여기에 머무르면 바른 의정이 아니어서 자기가 근본적으로 변화할 수 없다.

존재가 고통스러운 것은 자기 부처를 믿지 못하고 의혹을 일으켜 찾아 나섰기 때문이다. 그러므로 의심하면 벌써 십만팔천 리나 멀어진다고 했다. 다만 간화선의 바른 의정은 믿음에 의거하여 순간순간 자기 부처를 드러내는 수행불행의 의정이며 회광반조의 의정이다. 그래서 오직 모를 뿐이다.

천지간에 아는 것은 모두 사라지고 오직 화두 하나 '모를 뿐'을 가지고 세월을 보낸다. 행주좌와 어묵동정에 일념을 나툴 뿐 아는 것을 두지 않는다. 마침내 매화가 향기를 토하듯 모를 뿐에 머물지 않고 모를 뿐을 요달하면 비로소 모를 줄 아는 성품에 계합하게 된다. 성품은 아는 성질이 있어서 일체를 알아차리지만 상대적인 분별이 없다.

하지만 범부는 양변에 머물러서 아는 성품을 망각하고 살아서 고통이다. 그러나 비록 성품을 분명하게 요달했지만 이제 비로소 수행의 시작인 것은 다시 확실하게 계합해야 하기 때문이다. 또한 계합했지만 아직 활달하게 쓰지는 못하기 때문에 조주 선사처럼 평생 정진을 계속하는 것이다. 다만 힘을 쓰지는 않는다.

배고프면 밥 먹고 졸리면 잔다. 세상 사람 모두가 하는 일이지만 제대로 하는 사람은 별로 없다. 허공처럼 밤이 와도 물들지 않는 잠을 잘 수 있다면 비로소 힘을 얻었다고 할 것이다. 조금 아는 소리를 하고 견해가 깊다고 해도 귀한 것이 아니다. 올해는 더욱 정진해서 업력의 불길이 사라진 열반의 세계에서 노닐고 싶다.

매화 향기 바람을 타고 바다를 건너간다.

봄비

봄비가 지붕을 두드리며 유달리 혹독했던 지난 겨울을 위무하듯 흠뻑 내리고 있다. 처마 끝에서 떨어지는 낙숫물 소리를 들으며 잠시 선정에 들어간다.

관음상 앞의 매화꽃이 핀 지 며칠 지나지 않아 비바람에 떨어지는 걸 보니 안타깝기만 하다. 비록 꽃잎은 비에 젖어 품위가 떨어졌지만 향기는 젖지 않고 선실에 가득하다. 비가 그치고 나면 다시 꽃샘추위가 시작된다고 하니 봄은 쉽게 오지 않으려는 것 같다.

인생사도 이와 같아서 예측불허의 상황이 오고 간다. 하지만 이왕 닥쳐오는 인연이라면 마치 쇠가 용광로에서 모든 잡철이 제거되고 새롭게 태어나듯이 이 닥쳐오는 인연을 수행의 전기로 삼아야 할 것이다.

어느 날 조주 선사에게 한 학인이 찾아와서 물었다. "지금 큰 환란이 닥쳐오면 어떻게 피합니까?" 이에 스님은 마침 좋은 때라고 대답하였다.

　상황 자체는 좋고 나쁜 것이 아니라서 바로 믿고 성품으로 돌이키면 지금이 바로 꽃이 피고 새가 우는 봄이기 때문이다.

　비가 그치고 나니 산에는 생명들이 꿈틀거리는 소리로 가득하다. 오솔길 따라서 일주문 앞에 나섰더니 겨우내 흐름이 끊어졌던 골짜기는 다시 바다로 이어지고 있다. 실핏줄처럼 가늘고 미세했던 망념들이 일심의 바다로 흐르고 있다.

동구 밖 수양버들이
잔잔한 물결처럼 가늘게 흐느끼고 있다.
봄이 더욱 완연해지면 머릿결을 풀어 헤치고
하나의 바다로 넘실거릴 것이다.

해제일

오늘은 동안거 해제일인 정월대보름이다. 예로부터 달을 기준으로 살아온 민족으로서 우리나라에는 여러 가지 세시풍속이 내려오고 있다. 그 가운데 절에서는 겨울 추위를 피해 안거에 들었던 스님들이 탐·진·치 삼독의 깊은 무명의 부럼을 깨고 자성의 마음달을 친견하는 뜻깊은 해제일인 것이다.

무시이래로 지은 무명의 껍질은 단단하고 두꺼워서 참으로 깨기가 힘들지만 지혜의 광명은 가려진 곳마저도 숨김없이 비추어서 녹여 낸다. 마치 봄눈이 태양 아래 흔적 없이 사라지듯 한 생각이 일어날 때 바로 마음달에 비추면 흔적이 없다. 이렇게 정성으로 날이 가고 달이 가면 두꺼운 무명의 부럼은 낙숫물이 바위를 뚫듯이 마침내 바닥을 치고 땅속에서 지혜의 싹을 틔우는 것이다.

밤사이 봄비가 소리 없이 내렸다. 나무들의 벌거벗은 몸에는 벌써 물

기가 오르고 잎눈이 제법 부풀어 올랐다. 텃밭의 시금치도 금빛 몸을 일

으켜 세우고 있다.

청설모

입춘이 지나고 봄비 따라서 먼 길을 돌아왔다. 예년 같았으면 도량에는 진즉 동백이 피고 매화도 피었을 텐데 아직 소식이 없는 걸 보니 지난 겨울이 춥기는 추웠던 것 같다. 텃밭에 나가 보니 바람도 제법 순해졌다. 문득 키 큰 소나무를 바라보니 그동안 섬에서 한 번도 보지 못했던 청설모 한 쌍이 솔방울을 쪼고 있다. 나도 모르게 바다 건너서 찾아온 봄소식에 탄성을 울린다.

1980년대 초반, 속리산 뒤에 있는 서암 전 종정스님 토굴인 청화산 원적암에서 3년간 지냈을 때 이야기이다.

도량에는 잣나무가 여러 그루 있었는데, 그 덕분에 잣이 유일한 간식거리가 될 수 있었다. 겨울 준비를 위해 식량과 장작을 미리 챙기고 김장을 하고 나면 잣을 거두어들인다. 그런데 잣을 따려고 보니 잣송이가 몇 개 남아 있지 않았다. 청설모가 미리 서리를 했던 것이다. 속사정도 모르고 큰스님은 나 혼자서 잣을 따 먹은 줄 알았다.

그래서 양철로 나무를 둘러 미끄럼 장치를 설치해 봤지만 별 소용이 없었다. 청설모 한 마리가 나무에서 잣을 따면 한 마리는 아래에서 그것을 물고 가는 영리한 작전을 폈기 때문에, 사람의 힘으로는 청설모를 막지 못했다. 한창때이기도 하고 허기가 져도 먹을 것이 없을 때라서 무척 아쉬웠으나 청설모가 밉지는 않았다. 겨울이면 허리춤까지 쌓이는 지독한 폭설에 사람이나 짐승이나 살기가 힘들었기 때문이다.

그런데 어떻게 청설모가 바다 건너 이 섬에 들어왔는지 신기하기만 하다. 그동안 섬에서는 다람쥐조차 보지 못했기 때문이다. 청설모는 나무를 타고 나는 빼어난 실력으로 섬에 날아 들어온 것 같다.

봄이 옛 가지에 먼저 오듯이
이도 분명 환희로운 봄소식이다.

당신과 나는
하나입니다

풀밭의 주인공인 돌미나리
온종일 볕을 뽑었던 태양 아래서
견딜 수 있었던 것은
여러 풀들이 서로 의지했기 때문이다.
모든 것은 저마다
홀로 존재할 수 없다.

구름처럼

아침 포행을 하다가 문득 하늘을 보니 구름이 흘러가고 있다. 마치 죽을힘을 다해서 화살을 당기는 모습이다. 누구나 새해가 시작되면 성대하게 출발하지만 시간이 갈수록 손과 발에 힘이 빠지고 의시가 약해진다. 또한 온갖 도전을 물리치고 정상에 오른 사람도 성취의 화려함에 도취되어 과거의 아픔과 상처는 점점 잊어 간다. 길흉화복이 끊임없이 교차되고, 성공과 실패가 끝없이 윤회함은 당연한 세상사의 이치이다.

하지만 지혜로운 사람들은 성취의 화려함에 매몰되지 않고 끝없는 자기 혁신의 길을 간다. 빌 게이츠나 스티브 잡스가 그런 사람이고 과거 경주의 최 부자 집이 그러했다. 이른바 머무름 없이 마음을 쓰는 사람들이다.

선가에서는 깨달음을 성취했음에도 결코 머무르지 말고 다시 진흙 세상과 하나되는 화광동진의 길을 설하고 있다. 천 길 벼랑 산꼭대기의 고

고한 정상에 섰지만 다시 한번 몸을 던져서 깨달음의 흔적마저 지우는 갱진일보更進一步를 하라는 것이다.

곰 같은 며느리보다는 여우 같은 며느리가 낫다는 옛말이 있다. 물론 둘 다 장단점이 있지만 우직함보다는 많이 듣고 빨리 판단하여 실천하는 지혜가 앞서야 한다는 말일 것이다. 서로를 속이려는 얄팍한 지혜는 인과가 따르기 때문에 상처와 영광이 함께한다. 그러나 너와 나를 아우르고 약자를 배려하고 위로하는 따뜻한 지혜는 복이 된다.

부처님은 지혜와 복덕을 구족하신 분이다. 끝없이 번뇌를 갈아엎어 지혜로 전환하는 자기 혁신을 통해 사람과 사물, 일체의 경계에 머물지 않아야 한다.

하늘에는 구름이 산을 넘어가고 있다.
온통 허공으로 몸을 던지고 있다.
새로운 세상이 열리고 있다.

모유

어미 잃은

배고픈 갓난강아지 몇 마리

이웃집 늙은 암캐의 품에 안겨주자

이튿날

암캐의 젖망울이 모두 서고

하얀 젖이 흘러나왔다

강아지들은 하루 종일

그 젖을 빨아먹고

꼬물꼬물

웃으면서 기어다녔다

- 정호승, '모유' 전문

섬에서 맞이한 겨울이 어언 열다섯 해가 되어 가지만 요번 추위는 예년에 없던 것이었다. 수도 모터가 얼어서 어미 잃은 강아지 신세가 되고 보니 고인이 되신 부모님이 사뭇 그립다. 구제역 파동으로 시골의 부모님들이 그 어느 때보다도 추운 겨울을 보내고 계시는 것 같아 안타까운 마음뿐이다.

날마다 관음상 앞에 나가서 살처분된 가축들의 이고득락과 안쓰러운 부모님들의 건강을 축원한다.

오늘은 날씨가 풀려서 젖이 나오듯 물이 나오고 있다.
저 깊은 향수해의 감로수 길어 공양 올리오니
흠향하시고 사람이나 동물이나 모두 해탈하시옵소서.

토끼와 거북이

어느 옛날 토끼와 거북이 살고 있었다. 둘은 도반이 되어 깨달음을 먼저 성취하면 깨우쳐 주기로 약속하고, 토끼는 산으로 거북이는 섬으로 향하였다. 그런데 어느 날 토끼가 도토리 떨어지는 소리에 깨달음을 성취하게 되어 거북이에게 만나서 탁마하자고 청을 넣었다. 오랜만에 만난 토끼는 거북이를 얼싸안고 저 건너 산꼭대기까지 경주할 것을 제안했다. 토끼는 거북이에게 자신의 깨달음을 먼저 나누어 주고 싶은 마음이었다. 깨달음인 집안일과 실천인 보살행이 둘이 아님을 알기에 도반인 거북이가 행여 깨달음에 머물러 실천이 없을까 두려웠기 때문이다.

시작과 끝이 둘이 아님을 투철하게 깨달은 토끼는 먼저 정상 가까이 도착하여 잠시 낮잠을 자기로 하였다. 걸음이 굼뜬 도반 거북이 자신을 깨워 함께 갈 것이라고 믿었기 때문이었다. 아니나 다를까, 그 믿음대로 거북이는 느리고 굼뜬 자기를 기다려 준 고마운 도반 토끼를 깨워 얼싸안고 산꼭대기에 올라 떠오르는 찬란한 햇살을 바라보며 기쁨을 함께하였다.

거북은 산을 내려오는 길에 토끼의 고마운 마음에 보답하기 위해 자신의 섬으로 초청했다. 토끼를 등에 태우고 넓고 깊은 바다를 마음껏 구경시켜 주었다. 그리고 일체 강물을 일미의 한 맛으로 포용하는 바다의 덕과 파도와 물이 둘이 아니라는 불이법문을 말해 주었다.

그동안 우리는 토끼와 거북의 우화를 통해서 토끼는 영리하지만 자만에 빠지기 쉽고 거북이는 비록 굼뜨지만 성실하고 근면하다는 편견에 사로잡힌 차별상을 가지고 있었다.

사실 우리는 그동안 토끼처럼 빠른 속도로 커다란 성취를 이루었지만, 속도에 지치고 버튼을 눌러야 해결되는 디지털 세상의 피곤함에 살고 있다. 한편 거북이처럼 느림에는 평화와 여유가 있지만 정에 치우치고 지연과 학연으로 얽혀 일의 효율성이 떨어지는 단점이 있다.

이제 사람들은 양변의 치우침을 떠나야 진정한 행복이 온다는 사실에 눈을 뜨고 있다. 서로 다름을 인정해야 한마당에서 만날 수 있는 소셜 네트워크(사회 연결망)의 시대에 살고 있는 것이다. 마찬가지로 수행자는 깨달음에 집착하게 되면 보살행이 나오지 않기 때문에 선정과 지혜를 쌍수해야 한다.

바야흐로 우리는 '융합'이 새로운 화두로 떠오르고 있는 다문화 시대에 살고 있다. 마음이 본래 부처라는 정견이 바로 서면 선정과 지혜가 둘이 아니라는 깨달음을 얻고 복과 지혜가 함께하게 된다. 거북은 토끼를 등에 태워 하나가 되어 주고, 토끼는 숨어 있지만 거북이 부르면 바로 대답하여 큰 빛이 되어 준다. 사람마다 개인의 차이가 있어 작용은 다르지만 모두가 본래 차별 없는 참사람이라는 것에는 변함이 없다.

새해에는 토끼와 거북처럼 너와 나, 남과 북을 서로 등에 태우고 대립과 갈등보다는 지혜와 복덕의 큰 걸음으로 나아가길 발원해 본다.

소나무에는 눈꽃이 목화처럼 피어 있다.

기본자세

선원의 견공 반야는 이상한 습성이 있다. 지난 여름에는 비가 와도 집에 들어가지 않아 걱정을 끼치더니만 어제는 섬에서 맞은 가장 추운 소한이었는데도 집에 들어가지 않아 걱정을 끼쳤다. 담요를 깔아 주긴 했지만 마음이 많이 쓰였다.

그래서 아침 일찍 따뜻한 된장 국물에 밥을 주면서 밤새 별일 없어 다행이라며 머리를 만져 주고 보리심을 내라고 했다. 아마도 어릴 적에 놀란 적이 있어서 어두운 집에 들어가지 않으려는 것 같아 안쓰러운 마음이인다.

사람도 이와 같아서 어릴 적에 온전한 사랑을 받지 못한 청소년들이 문제를 일으키는 경우가 종종 있다. 견공 반야처럼 밤이 되어도 집에 들어가지 않고 밖에서 서성거리기 때문이다. 낮에는 열심히 공부하고 밤에는 집에 들어가서 부모님이 걱정하지 않도록 하는 것이 정상적인 생활일 것이다.

하지만 어른에게도 문제는 있다. 지나친 음주나 흡연으로 아이들이 부모를 걱정하는 경우를 보기 때문이다. 어른들이나 아이들이나 지금 드러난 문제를 고치려면 문제를 바로 자각하는 것이 첫 번째 일이다. 그래야 두 번째 화살을 맞기 전에 문제가 풀린다.

사람은 일어나고 사라지는 생각을 따라가서 끝없이 밖으로 헤맨다. 그러나 한 생각 일어날 때 바로 알아차려 회광반조하면 집안일과 바깥 세상이 둘이 아니다.

처음 참선 수행을 하려는 사람에게도 기본자세가 있다. 참선을 하는 자세에 있어서는 우선 반가부좌가 있고 결가부좌가 있다. 반가부좌는 허리를 펴고 오른발이나 왼발이나 한쪽을 올려놓는 자세를 말한다. 초심자들은 대부분 반가부좌로 참선을 시작한다.

나도 처음에는 반가부좌로 정진을 시작했는데 한 시간을 넘기는 것이 참으로 힘들었다. 그러나 시간이 지나면서 화두가 순일해지니 돌부처같이 움직이지 않는다는 소리도 듣게 되었다.

그런데 결가부좌하는 스님들을 보면 부러웠다. 나는 중학교 때 축구를 하다가 오른쪽 무릎을 다치는 바람에 결가부좌를 할 수 없었기 때문이다. 거기다 히말라야 안나푸르나 올라운드 트레킹을 하면서 무리한 탓에 더욱 나빠졌다.

그런데 노력 덕분인지 지난 여름부터 무릎이 조금씩 좋아져서 결가부좌를 시작했다. 이제는 많이 쉬워져서 앉으면 허리가 똑바로 펴지고 부처님처럼 의젓해 보이는 것 같다. 은사스님께서는 구산 선사는 키는 작았지만 위풍당당한 것이 결가부좌의 공덕이라고 늘 말씀하셨다.

결가부좌에는 오른발이 왼쪽 무릎 위에 올라가고 왼발이 오른쪽 무릎 위에 오르는 항마좌가 있고 그 반대인 길상좌가 있다. 아직 수행의 과정에서는 항마좌를 해야 기운이 뜨지 않는다. 부처님은 길상좌의 모습이다.

하지만 초심자들의 경우 자세에 너무 신경을 쓰면 화두를 놓치거나 형식에 치우쳐서 공부길에서 멀어질 수가 있다. 왜냐하면 공부가 자세에 있다는 집착이 일어나기 때문이다. 하지만 기본자세를 무시하면 또한 수행의 기본이 잡히지 않기 때문에 너무 무시해서도 안 된다.

한편 결가부좌에 득력을 하면 몸에 고통이 사라져서 하루 종일 꼼짝 않고 앉아 있을 수 있지만 선정에 떨어져서 몸에 집착하고 화두를 놓치는 병에 걸리기 쉽다. 한때 반가부좌에 득력을 해서 하루 종일 앉아 있으니 몸에 고통은 없었지만 이러한 병폐가 생겨나는 것을 경험했기 때문이다. 이제는 선정과 지혜를 고르게 하여 결가부좌의 공덕을 누리게 되는 것 같다. 결가부좌는 선정과 지혜가 평등해야 참다운 공덕이 나타난다.

사람은 무시이래로 익힌 습이 있어 앉으면 눕고 싶고 누우면 금방 잠에 떨어진다. 정초에 기본자세를 다시 점검해서 안 좋은 습관을 바로잡아야 할 것이다. 결국에는 배고프면 밥 먹고 곤하면 자야 하는 평상심으로 돌아오기 위해서 이러한 기본자세가 필요하다. 오래 앉아서는 눕지 못하고 누워서는 앉지 못하는 절름발이가 되는 것이 수행의 목적은 아니다. 이러한 기본자세를 통해서 평상심의 자유가 성취되기 때문에 기본자세를 점검하는 과정은 반드시 필요하다.

새해를 맞이하여 누구나 갖추어야 하는 기본을 확립해야 대자유와
복락을 누리게 될 것이다. 힘이 들어도 백 번 천 번 단련해서 묵은 업력
은 설게 하여 녹여 내고 아직 익숙하지 못한 반야의 힘은 키워 나가야 할
것이다.

돌탑이
눈사람처럼
서 있다.

앞마당 한편 소나무 아래 응달에는
정초에 내린 잔설이 남아 있다.
점심 공양을 마치고 포행을 한다.
뽀드득뽀드득.
토끼처럼 귀를 쫑긋 세우고 소리를 본다.

첫눈

섬에서 탈출하여 모처럼 서울 만행을 다녀왔다. 국제간화선센터가 궁금했는데 와서 보니 황룡사구층목탑을 보는 듯 웅장하고 당당했다. 법당을 비롯해서 여러 시설들을 살펴보니 이만 한 공간에서는 무엇이든지 할 수 있겠다는 생각이 들었다. 마침 안국선원장스님의 간화선 프로그램에 동참하여 잠시 함께하는 기회를 갖게 되어 좋은 경험이 되었다. 서로의 경험을 나누면서 보다 효과적인 간화선 체험을 위해서 어떻게 할 것인지 탁마하는 귀한 시간이었다.

좋은 차 대접을 받아서 그런지 며칠 동안 올라왔던 상기 기운이 풀렸다. 또한 승가대 동문이며 선방에서 평생을 지내고 있는 구참 선배스님을 만나서 지금의 맑은 모습이 참 좋다는 격려의 인사를 받았다. 선배스님의 참으로 진지하고 겸손한 탁마의 자세에 존경의 마음을 가졌다.

오후에는 도반스님과 육조사에 들러 선원장스님을 친견하고 법담을 나누었다. 어느새 어둠이 내리고 마당으로 나와 오골계를 살펴보았다. 시내에서 닭을 키운다는 것이 신기했지만 좋은 법문을 듣고 사는 닭이 참으로 복이 많다는 생각을 했다. 옆에는 금붕어들이 어둠 속에서 붉은빛을 드러내며 유유히 흐르고 있었다. 여러 생명들이 사람과 더불어 차별 없이 어울리며 법을 설하고 있었다.

다음 날, 일요법회 법사로 초청받아 길상사에서 쉬며 아침 공양을 가려는데 밖에서 무슨 소리가 들려왔다. 문을 열어 보니 사막에 모래가 우는 것처럼 맑은 소리를 내며 첫눈이 내리고 있었다. 길상사에서 맞는 상서로운 첫눈이었다. 부디 남북이 평화롭고 인연 있는 모든 이들이 늘 맑고 향기로운 기운과 함께하기를 발원하였다. 마침 오랜만에 총무원에서 교육부장의 소임을 맡고 있는 도반스님이 찾아와서 함께 삼청동 성곽 길을 따라 걸으며 그간 소원했던 도반의 정을 도탑게 했다.

첫눈을 밟으며 가볍게 섬에 도착했다. 배는 눈길처럼 하얀 포말을 그리며 시작과 끝이 둘이 아님을 증명해 주었다. 선원에 돌아오니 하얀 진돗개 반야가 꼬리를 흔들고 걸음걸음 하얀 눈꽃을 피우면서 반야를 나투고 있었다.

밤사이 섬에는 보기 드문 눈이 내렸습니다. 관세음보살의 조건 없는 자비처럼, 눈은 가난한 사람이거나 부자거나 착한 사람이나 나쁜 사람이나 가리지 않고 차별 없이 내립니다. 맑고 포근한 눈처럼 서로 화합하고 다툼이 없는 평화로운 세상이 열리기를 발원합니다.

길상사 관음상

길상사의 한 해 마지막 일요법회에 초청법사로 다녀왔다. 그간 수련회 지도법사로는 법문을 편안하게 한다는 소리를 들었지만 외부 법회에서 다양한 계층을 대상으로 법문을 하기는 처음이라 긴장이 많이 되었다. 하지만 막상 임해 보니 떨리는 것도 없고 자연스럽게 법문이 나와 도반스님들이 오히려 잘했다고 칭찬해 주었다. 하지만 처음이라 여러 가지 부족한 점이 있었고 방편을 두루 갖추어야 한다는 사실도 깨달았다.

일요법회라서 가족 단위의 사람들이 많아 준비해 간 내용을 바꾸어서 아이들도 들을 수 있는 내용으로 하였다. 법문의 핵심을 요약하면 이렇다.

마음이 본래 부처라는 정견을 갖추게 되면 밖으로 구하는 일체 방황이 그치게 되어 눈앞에는 일체 경계에 마음이 현전하게 된다. 이 마음에는 일체 차별이 없기 때문에 남녀노소가 없고 종교의 차별이 없다. 그래서 법정

스님께서는 특별한 관음상으로 천주교의 성모마리아상과 불교의 관음상을 융합한 새로운 관음보살상을 길상사에 모셨다. 참으로 다종교 및 다문화의 시대에 갈등을 극복하고 일체를 융합하는 새로운 모델을 제시한 것이다.

보조 국사께서는 선은 부처님의 마음이요 교는 부처님의 말씀이니 마음과 입은 둘이 아니고 선교가 하나라는 회통불교를 제시하였는데 이것이 전통으로 내려오는 것이 한국 불교의 핵심사상이다. 이러한 전통을 법정 스님께서 이어받아 종교 간의 화합으로 승화시켜 시대의 갈등을 치료하신 것이다. 바야흐로 융합이 새로운 화두로 떠오르고 있는데 이러한 사상의 원천은 보조 국사의 회통불교사상인 것이다.

법정 스님께서는 입적하시기 1년 전에 인사동에서 다기를 한 벌 사 주시며 길상사에서 꼭 쉬어 가라고 하셨다. 스님의 덕화가 그립다.

한 해가 저물고 있다. 아름다운 마무리와 함께 지혜롭고 평화로운 새해가 되어 가정과 나라가 태평했으면 하는 바람이다.

구산 선사 기일

구산 선사의 27주기 기일에 다녀왔다. 지난 일주일 동안 추위에 몸이 오래 노출되어 냉이 들어왔는지 심한 몸살을 앓았다. 몇 년 만에 몸이 심한 반응을 일으켜서 조금 쉬려 한 것이었다. 몸에 무리가 오면 몸살이 나고, 몸은 다시 본래의 기능을 회복하기 위해 온몸에서 열이 난다. 약을 먹지 않고 체력을 유지하면서 뜨거운 차를 마시며 이겨내는 것은 몸을 다스리는 나만의 방법이다.

이때가 그동안의 나의 수행을 점검하는 좋은 시간이 된다. 보고 듣는 대상을 일절 단절하고 온전히 몸과 하나 되는 시간을 만나기가 참으로 어렵기 때문에, 몸이 하는 말을 통으로 들을 수 있는 절호의 기회가 아닐 수 없다. 과연 끙끙 앓으면서도 아픔과 하나 되고 화두를 망각하지 않을 수 있느냐가 우선 점검이 되기 때문이다.

보통 사람들은 약을 통해서 아픔의 위기를 벗어나려고 하지만 수행하는 사람은 아픔을 즐기면서 자기의 수행을 점검할 것이다. 어떠한 상황도 이미 받아놓은 밥상이라면 슬기롭게 해결해야 하기 때문이다.

지난 일주일은 참으로 좋은 시간이었다. '아야 아야' 하는 가운데 성품의 공적하고 신령스러움과 하나가 되어 삼매에 들었기 때문이다. 일체 일어나고 사라지는 생각의 거래가 끊어지고 아픔의 삼매였다. 보통 몸이 아프면 사람의 감정이 여려지고 화두가 없어져 버려 앞길이 캄캄해진다. 그러면 죽음에 대한 공포심이 일어나는 것이 보통 사람들의 경계이다.

나는 아직 큰 아픔을 당해 보지 않아 장담할 일은 아니지만 아프고 나니 오히려 겨울나무처럼 정정하고 당당해진다. 온통 생사가 없는 본래의 몸이 드러나기 때문이다. 이렇게 또 한 해의 수행을 결산해 보고 여기에 머물지 말고 새해의 정진과 발심을 더욱 다짐하는 것이다.

일주일간의 몸살 삼매를 떨치고 송광사에 오랜만에 갔더니 어른스님과 여러 도반스님들이 반갑게 맞아 주었다. 특히 도반들이 동안거를 맞아 선방에서 많이 정진하고 있어 반가웠다. 나 보고도 선방에서 함께 정진하자고 해서 한번 생각해 보겠다고 인사를 건넸다.

구산 선사는 지혜가 투철하고 항상 행업에 모범을 보여주신 어른으로 기억된다. 특히 군에서 포교 활동을 할 때 글씨를 많이 써 주시고 후원도 많이 해 주셨다. 너무나 군 포교에 무관심할 때라서 스님에 대한 감사한 마음이 나에게는 남다른 것이다.

모처럼 날씨도 풀리고 해서 몸살 기운을 떨치기에는 더없이 좋았다. 서점에 들러 책《행복한 간화선》의 반응이 좋다는 말과 함께 만나는 스님들로부터 내용이 좋다는 칭찬을 들으니 부끄러웠다. 아무쪼록 새해에도 더욱 정진해야겠다.

회광반조

　어제 오후에는 텃밭에 나가 들깨를 털고 도랑을 정리했다. 소슬한 바람에 울긋불긋 단풍이 맑은 소리를 내며 사뿐히 내려앉는다. 조촐한 성품이 홀로 드러나니 사방으로 금빛 비람이 가득하다. 무더운 여름 뜨거운 햇빛을 가려 주고 후드득 성긴 빗방울 소리로 귀를 맑게 해 준 파초를 정리하려니 왠지 서운하다.

　파초는 팔군자의 하나로 잎은 후덕하게 넓고 속은 양파처럼 겹겹이 싸여 있지만 결국에는 텅 빈 마음을 가르쳐 준다. 사람들은 파초라는 모양을 보고 실체가 있는 것처럼 착각하지만 수없는 껍질로 싸여 있을 뿐 실체가 없다. 다만 여러 인연이 모여서 존재하기 때문에, 없는 것이 아니라 인연으로서 존재하기 때문에 공하다고 한다.

　올해는 유별나게 더워서 그런지 파초가 키가 훨씬 자라서 혹심한 더위를 피할 수 있게 해 주었다. 어쩌면 내년에는 바나나가 열릴 수도 있을 것 같다는 꿈을 펼쳐본다.

여름내 파인 진입로 보수를 게으른 탓에 이제야 한다. 찾아오려는 사람들을 공부한다는 핑계로 이리저리 따돌리고 철문을 잠가 놓다 보니 수행하기에는 더없이 좋았다. 아직 수행의 힘이 부족해서 일체 대상을 온전히 성품으로 돌이키는 회광반조의 시간이 더욱 필요하기 때문이다. 번뇌는 파초의 줄기처럼 끝없이 싸여 있지만 일어나는 순간 바로 알아차리고 끝없이 성품으로 회광반조하면 본래 텅 빈 파초의 줄기처럼 자기의 천진한 자성에 계합하게 된다.

자나 깨나, 일을 할 때에도 일어나는 번뇌와 일체 대상을 한 치의 빈틈 없이 알아차려서 성품으로 회광반조하는 일이 쉬운 일은 아니다. 하지만 어찌 일대사를 게을리할 수 있겠는가. 지난 세월을 돌이켜보면 달콤한 유혹과 고통의 흐름을 거슬러서 포기하지 않고 어떻게 여기까지 끌고 왔는지 참으로 역대 조사와 불보살님의 은혜에 감사하지 않을 수 없다. 세세생생 이 길에서 물러나지 말 것을 다시 한번 다짐해 본다.

결국에는 일상사와 번뇌 속에서 수행은 익는 것 같다. 일어나는 일체 번뇌와 대상을 통해서 바로 성품을 확인하기 때문이다. 다만 가끔 공부 길을 놓치는 것은 얻어지는 지해知解를 취하여 무심을 놓치는 데 있다. 끝없이 가을 하늘처럼 비우고 나를 놓아 버리고 가는 길이기 때문이다.

어느덧 울력을 마치고 나니 어둠이 내리고 서쪽 하늘은 온통 붉게 물들었다. 가을 산과 가을 하늘이 붉게 타고 있다. 온몸에는 단풍처럼 불이 번진다. 뜨거운 기운이 솟아오른다.

보배의 성

부처님께서는 모든 인연들을 깨달음으로 인도하기 위해 근기에 맞게 설법을 베풀었다. 법화경 화성유품에서는 이것을 마치 강풍과 파도가 치는 험한 뱃길을 지나서 깨달음의 보배성에 이르는 데 비유하고 있다. 그러나 따르는 사람들은 쉽게 지치거나 가르침을 믿지 못하고 의심하여 물러나기 때문에 중간에 임시방편으로 변화시켜 만든 쉴 곳을 베풀어서 마침내 보배성인 마음이 바로 부처임을 보게 하였다. 성문, 연각, 보살의 삼승을 설했지만 이것은 임시방편설이며 끝내는 마음이 본래 부처라는 하얀 소의 수레인 일승으로 회통시킨 것이다.

하지만 이것은 근기의 차별을 말하는 것이지 법에는 차별이 없음을 알아야 한다. 남녀노소, 빈부귀천, 선악미추의 차별심만 벗어나면 사람이 본래 부처임을 깨닫기 때문이다. 마치 자연이 사계절을 나투지만 봄에는 예쁜 꽃들이 피어나서 좋고 여름에는 정열의 태양이 있어 좋으며 가을에는 맑은 하늘 울긋불긋한 단풍이 있어 아름답고 겨울엔 솜처럼 포근한

눈이 있어 좋은 것이, 자연은 스스로 아무런 분별이 없는 여여부동인 것과 같기 때문이다.

사람마다 업력이 천차만별이지만 오히려 스스로 인정하면 자기의 하는 일과 하나가 되고 긍정의 에너지가 분출하게 된다. 이것을 순간순간 일어나는 번뇌와 일체 대상으로 옮겨 오면 오직 할뿐인 현전일념을 이루게 될 것이다. 그러기 위해서는 현전일념을 차별 없이 자각해서 여기에 함께하고 있는 자기의 자성을 화두 의정으로 바로 확인해야 한다. 이처럼 화두의 의정은 오직 자성을 순간 확인하고 드러내는 작업인데 이것은 궁구하고 참구한다는 것이지 따로 구하는 것이 아니다.

대구 도심 한복판에서 하나의 방편으로 다양한 문화를 통해 사람들을 깨달음의 보배성으로 안내하고 있는 보성선원 도반스님을 만났다. 영화와 음악 등 다양한 문화를 통해서 신도들에게 끝내는 자기가 본래 부처라는 보배성으로 안내하는 것이 목적이라고 했다. 파도소리를 통해서 성품을 듣는다는 이근원통에 대해서 이야기를 나누며 다양한 클래식과 인도 명상 음악에 취하다 보니 어느덧 가을밤이 깊어간다.

아침은 비발디의 가을로 밝아오고 있었다. 귀한 숙차와 함께 음악 삼천여 곡이 담긴 아이팟을 선물로 받으며 아쉬운 작별을 했다. 해지는 석양에 돌아오는 뱃길에서 함께하는 클래식 음악들이 만선의 귀향인 듯 더없이 충만하다.

떨어진 낙엽들은 서로를 부둥켜안고
사람이 본래 부처라는 일승의 원음을 설하고 있다.

구지 손가락

선지식을 만나 그간의 공부를 탁마하고 도반스님의 간화선을 형상화한 전시회에 다녀왔다. 대구의 도심 거리에도 가을은 깊게 내려앉았고 노점에서 물건을 파는 상인의 환한 얼굴에도 가을은 깊어가고 있었다.

도를 탁마하는 선지식과 도반이 있음은 더없이 행복한 일이다. 유별나게 더웠던 지난 여름에 탈은 없었는지 걱정을 많이 했는데 모두가 건강한 모습으로 반갑게 맞이해 주었다. 단풍이 울긋불긋 꽃비를 내리는 공원을 걸으며 선문답을 주고받았다.

금강경에서는 과거심은 이미 지나갔으니 얻을 수 없고 미래심은 아직 오지 않았으니 얻을 수 없으며 현재심은 찰나에 있으나 말을 하면 바로 어긋나니 또한 얻을 수 없다고 했다. 주금강으로 소문난 덕산 스님은 금강경소초를 짊어지고 남쪽의 마음이 바로 부처라는 무리들을 만나서 한바탕 혼쭐을 내려고 단단히 벼르고 길을 떠났다. 그런데 덕산 스님은, 점심때가 되어 허기진 배를 달래려고 떡을 파는 노점에 들렀다가 노파의 '삼세심 불가득三世心 不可得인데 스님은 어느 마음에 점심하려느냐?'는 질문에 막혀서 그만 점심도 먹지 못하고 쫓겨나고 말았다.

점심 공안을 주제로 탁마하다 보니 어느덧 배가 고팠다. 새벽에 호박죽 한 그릇을 먹고 첫 배를 타고 왔기 때문이다. 마침 머리에 사뿐히 내리는 낙엽을 들어 보이며 빨리 점심하러 가자고 채근을 하고는 점심을 먹었는데 어찌나 거나한 점심이었는지 온몸이 단풍처럼 붉게 물들어 후끈거렸다. 도반스님은 은사스님에게 공양상을 들고 가다가 이 공안에서 처음 힘을 얻었다고 했다.

어느덧 전시장에 어둠이 내리고 있었다. 승가대 학인 시절, 절에 들어온 도둑과 결투하다가 그만 장애를 입은 도반스님이 절룩절룩 신통을 나투며 참으로 반갑게 맞이해 주었다. 그간 다라니와 부처님 복장을 주제로 하는 설치미술을 여러 차례 전시했는데 이번에는 간화선을 최초로 형상화한 전시회라고 했다.

먼저 눈에 띄는 것은 검정 아크릴판 위에 손가락 하나를 치켜세워 놓은 작품이었다. 이것은 구지 화상의 손가락이며 모두가 가지고 있는 차별 없는 마음이었다. 구지 화상은 이 손가락 하나를 얻어 평생을 쓰고도 다 쓰지 못하고 간다고 아쉬운 듯 입멸의 소감을 피력했다.

금화산의 구지 선사는 평소에 자신은 부족한 것이 없노라고 힘주고 살았는데 어느 날 천룡 스님 문하에서 깨달음을 얻은 비구니스님이 찾아왔다. 비구니스님은 도를 얻은 여장부답게 첫인사도 없이 구지 스님을 보자마자 깨달은 한마디를 하면 예를 갖추겠노라고 했지만 대답을 못하자 그만 도도하게 한 바퀴 돌더니 떠나 버렸다. 구지 스님은 비구니스님에게 한 방망이를 얻어맞았으니 비구 체면에 부끄럽고 억울한 마음이 말이 아니었다.

이에 분한 마음을 참지 못하여 다음날 날이 새면 선지식을 찾아 떠날 작정이었다. 그런데 꿈에 산신이 나타나서 내일 선지식이 찾아올 것이니 떠나지 말라고 했다. 그래서 분한 마음을 억누르며 초조하게 기다리고 있는데 아니나 다를까 선지식이 찾아왔다. 얼른 맨발로 뛰쳐나가 누구시냐고 물으니 천룡 선사라고 해서 구지 스님은 너무나 기쁜 나머지 전날의 창피당한 이야기를 하면서 가르침을 청했다.

"도대체 어떤 것이 부처입니까?" 천룡 선사는 말없이 손가락을 세워 보였다. 이에 구지 스님은 홀연히 깨달음을 얻었으니 문득 산하대지가 무너지고 억겁에 걸친 생사윤회의 억울함을 일시에 벗어 버려 대자유인이 되었다. 그리고 천룡 선사로부터 얻은 손가락 하나를 죽을 때까지 쓰다가 그래도 다 쓰고 가지 못한다고 아쉬운 듯 입멸에 들었다.

비구니인 도반스님은 구지 스님의 손가락을 밝히는 데 30년이 걸렸다고 참으로 회한의 눈물을 흘렸다. 그간 조금씩 도움을 주며 억울한 마음을 돌이켜 화두를 참구하라고 했더니 큰 힘이 되었노라고 감사의 인사를 하였다. 오히려 장애를 입었기 때문에 억울한 마음을 돌이켜 화두를 참구할 수 있었을 것이라고 격려해 주었다. 그리고 이제부터 참으로 공부가 시작되는 것이니 염념이 물들지 말고 걸음걸음 반드시 연꽃을 피우라고 당부했다. 무시이래로 익힌 묵은 습기를 다스리기가 참으로 어렵기 때문이다. 비구니스님으로서 공부를 성취한 사람이 드물기 때문에 더욱 귀한 것이다.

도반스님은 《논어》 첫머리에 나오는 "벗이 있어 멀리서 찾아오니 또한 기쁘지 아니한가"라는 말로 인사를 대신하며 함께 도담을 나눌 수 있어야 벗이라고 했다. 한편 공자님께서 "아침에 도를 들으면 저녁에 죽어도 좋다"고 했던 것처럼 도반과 함께 도가 얼마나 귀한 것인지 실감하였다. 사람마다 차별 없이 손가락을 가지고 있어 누구나 쓰고 있지만 손을 올리고 내릴 줄 아는 도를 깨달은 사람은 드물다. 도를 쓸 줄 모르고 그저 흉내만 내며 살고 있기 때문이다.

구지 선사가 어느 날 외출한 사이에 한 객승이 찾아왔다. 이에 동자승이 맞이하여 사연을 물으니 도를 배우러 왔다고 했다. 동자승은 그것은 나에게도 있다고 하면서 뽐내듯이 손가락을 객승에게 들어 보였다. 하지만 객승은 동자승의 흉내에 계합하지 못하고 쓸쓸히 떠나갔다. 동자승은 외출에서 돌아온 스승에게 기다렸다는 듯이 대신 일러 주었노라고 자랑을 했다. 이에 구지 선사는 다시 한번 흉내를 내 보라고 부추기면서 감추고 있었던 과도로 손가락을 베어 버렸다. 동자승은 그만 피를 흘리며 울면서 도망을 쳤다. 이때 도망치는 동자승을 부르고 동자승이 돌아보는 순간 구지 선사가 손가락을 치켜들었다. 이에 동자승은 홀연히 깨달았다. 비록 손가락 위에서 깨달았지만 평생을 쓰고도 모자라지 않다고 했던 것은 하나를 얻으면 전체를 관통하기 때문이다.

손가락을 올리니 가을산 울긋불긋 꽃비를 내리고
손가락을 내리니 걸음걸음 연꽃이 피어난다.

만목청산

장흥 천관산 천관사에서 작은 음악회가 열린다기에 사제스님 얼굴도 볼 겸 모처럼 가을 나들이에 나섰다. 섬에서 일몰 때 바라보면 신라의 찬란한 황금보관처럼 빛나는 산이 바로 천관산이다. 항상 그리던 산에 와서 보니 감회가 새롭다.

초행길이라 걱정이 되었는데 마침 화가로서 장흥 문화의 텃밭을 일구어 온 오랜 지인이 안내해 주어 쉽게 오를 수 있었다. 천관사를 둘러싸고 있는 바위들은 마치 신라의 황금보관처럼 하늘로 솟아 있다. 명산으로 소문이 나서 그런지 산행에서 많은 사람들을 만날 수가 있었다.

사람에게 있어서 눈의 공덕은 참으로 중요한데, 이는 모든 사물을 인식하는 데 제일가는 역할을 하기 때문이다. 보통 사람들은 눈앞에 펼쳐지는 아름다운 산을 보면 산의 모습에 팔려서 참자기를 잃어버리고 그만 물들어 버린다. 금강경에서는 '모든 상이 상 아닌 줄 보면 여래를 본다'고

하였다.

　눈앞에 펼쳐지는 아름다운 산을 보되 다만 분별심을 내지 말고 바로 볼 줄 아는 자기의 성품으로 돌이켜야 한다. 이것을 관산觀山이라고 하는데 이것이 가을 산을 찾아 단풍놀이를 하는 목적이다. 여기에서 한 걸음 나아가 일체 대상을 자기의 성품으로 돌이키는 것을 관광觀光이라고 한다.

　눈앞에 펼쳐지는 아름다운 산을 보되 볼 줄 아는 자기의 성품으로 돌이키면 눈에는 온통 한 치의 틈도 없이 산으로 가득한데, 이것이 바로 만목청산滿目靑山이며 그대로 진리의 현현이다. 만약 여기에서 힘을 얻게 되면 눈앞에 나타나는 일체 대상을 진리로 바꾸어 쓰게 된다. 이것이 바로 눈의 안근을 통하여 성품을 깨닫는 공부이며 안근원통이다. 바닷가에서 파도소리를 통하여 소리를 들을 줄 아는 성품을 깨달아 이근원통이 되는 것과 같은 이치이다. 사람마다 업력이 달라서 자기에게 예민한 감각이 있을 것이다.

　보통 수행하는 사람들은 이러한 예민한 감각을 공부에 방해가 되는 번뇌로 인식하여 없애려고 싸우는 것을 수행으로 착각한다. 그러나 이 예민한 감각은 더없는 수행의 재료가 된다. 다만 싸우지 않고 있는 그대로 알아차리면 순식간에 사라지게 되고 바로 여기에 성품이 함께하고 있음을 깨닫는다. 이러한 재료가 없다면 오히려 수행하는 데 힘이 들게 된다. 일어나는 족족 바로 알아차리고 성품으로 돌이키면 날이 가고 달이 가면서 점점 업력이 녹아지고 한가로운 시절이 오는 것이다.

　처음 발심하여 수행한다고 하면서 이러한 이치를 모르고 젊은 혈기를 이기지 못해서 공부에 진전이 없어 죽고 싶을 때가 한두 번이 아니었다.
수행이란 일어나는 감각을 억지로 누르거나 없애는 것이 아니라 인정하
고 타고 넘는 것이다. 그래야 삶이 역동적이며 지혜가 자라난다.

이제 섬에도 단풍이 도착했다.
바다 밑까지 내려가 만목청산을 이루고 있다.
아침에는 동쪽 바다가 붉더니
저녁에는 서쪽 바다가 붉다.

탄트라

며칠 동안 계속되던 강풍이 그치고 나니 바다는 더없이 잔잔하다. 좋고 나쁘다는 양변을 대변하는 번뇌의 바람은 이제 그치고 아침 해는 해맑은 빛으로 번지고 있다.

예전에 남인도 바닷가 요가 아쉬람에 머물 때 마스터에게 탄트라 (tantra)가 무엇인지 궁금해서 물었더니 에너지 컨트롤이라고 대답해 주었다. 그래서 단순하게 요가를 통해서 일어나는 쿤달리니(kundalini) 현상을 다스리는 것으로 생각했다. 그리고 그 가운데 특히 성적인 에너지를 말하는 것으로 오해했는데 오늘 아침 달라이라마의 가르침을 통해서 탄트라의 정확한 의미를 알 수 있어서 환희심이 난다. 티베트 불교를 오해하게 되는 것은 탄트라의 의미를 정확하게 모르기 때문이다.

우리 마음의 성질은 본래 밝고 맑은 빛이다. 아무리 두꺼운 구름이 하늘을 덮는다고 해도 바람이 불면 순식간에 벗겨지고 바로 태양이 나타나서 본래 밝고 맑은 빛을 드러낸다. 이와 같이 아무리 거친 번뇌에 시달린다 해도 바로 알아차리면 번뇌는 순식간에 사라지고 본래 밝고 맑은 우리 자성의 빛이 태양처럼 찬란하게 드러난다. 비로소 그간 궁금했던 탄트라가 바로 우리 마음의 본래 밝고 맑은 빛을 의미한다는 사실을 정확하게 알았다. 그러면 어떻게 수행해야만 본래 밝고 맑은 마음이 드러나느냐가 문제일 것이다.

티베트 불교에는 여러 교파의 가르침이 있지만 끝없이 일어나고 사라지는 번뇌를 관찰하는 것으로 수행의 밑바탕을 설명하고 있다. 여기서의 한결같은 공통점은 아무리 거칠고 미세한 번뇌라 할지라도 끝없이 관찰하다 보면 생각과 생각 사이에 틈이 있음을 알게 되는데 이 틈을 알아차리고 여기에 머물러 시간을 연장시킴으로써 가능하다고 이야기하고 있다.

이것은 모든 수행의 원리이다. 보통 사람들은 과거의 생각에 붙들리거나 오지 않은 미래에 대한 불안에 붙들리게 되어 오직 현전일념을 바로 보지 못하기 때문에 고통을 받는다. 또한 좋은 생각이나 나쁜 생각으로 대변되는 양변의 생각에 붙들리게 되어 고통에서 벗어나지 못하는 악순환을 반복하게 된다.

사실은 일어나고 사라지는 번뇌는 좋고 나쁜 것이 아니지만 붙들리어 집착함으로써 고통이 일어나게 된다. 이때를 당해서 있는 그대로만 알아차려 상관하지 말고 한 걸음 물러남으로써 순간 우리 마음의 본성인 본래 밝고 맑은 빛을 경험하게 된다. 그러나 초심자는 이 순간을 유지하여 오래 지탱하는 힘이 약하기 때문에 수행이 힘들다는 것이다. 그러나 끝없이 물러나지 않으려는 분심으로 인해 점차로 간격이 커지게 되고 이제는 여유가 생기게 된다.

다만 몹시 거친 번뇌가 일어나거나 미세한 번뇌가 일어나더라도 이 속에는 우리의 본래 밝고 맑은 빛이 함께 있다는 사실을 믿어야 한다는 것이다. 이것은 간화선에서 마음이 본래 부처라는 사실을 믿어야만 수행이 시작된다고 하는 것과 같은 것이다. 이러한 확고한 믿음이 성취되면 수행이 점점 쉬워지는데 이때부터는 일체 번뇌와 마주치는 대상에서 본래 마음을 확인하여 번뇌 속에 본래 맑은 빛이 함께하고 있음을 깨닫기 때문이다. 이것은 마치 연꽃이 피면서 그 열매를 함께 가지고 있는 것과 같다. 이때 연꽃은 맑은 빛으로 작용이 되고 열매는 공한 본래 성품을 상징하고 있어 작용과 본체가 둘이 아니라는 것이다.

보통 사람들도 누구나 본래 깨달음의 밝고 맑은 빛이 함께하고 있지만 선악이라는 양변의 생각에 집착하여 취하고 버림으로써 빛이 잠시 덮이는 것뿐이다. 그러나 깨달은 사람은 둘이 아니라는 사실을 확실하게 알기 때문에 늘 자유롭게 양변을 굴리게 된다.

간화선에서의 화두는 생각과 생각 사이의 본래 밝고 맑은 마음의 성품을 바로 지시하는 조사의 말이다. 그러므로 일어나는 일체 생각을 화두 하나로 통찰함으로써 마음의 공성에 머물며 의정은 작용인 밝고 맑은 마음의 현현이 되는 것이다. 그래서 화두에는 어떠한 사량도 개입되어서는 안 된다. 화두는 바로 무심이기 때문이다.

그러나 화두를 깨달음에 들어가는 방편으로만 알면 연꽃이 피면서 열매를 간직하고 있다는 사실을 망각함으로써 인因과 과果가 하나라는 본래 성품의 온전함을 등지게 된다. 그러면 부처와 중생이 둘이 아님을 깨닫지 못하게 되고 번뇌와 깨달음이 둘이 아님을 요달하지 못하며 생멸과 열반이 둘인 줄 알아 미혹 속에서 헤매게 된다.

간화선과 티베트 불교 탄트라 수행의 원리는 둘이 아니다. 간화선의 원리가 한국 불교의 세계화에 기여할 수 있음을 확인하게 되는 것이다. 보조 국사께서는 선과 교를 융합하여 선은 부처님의 마음이며 교는 부처님의 말씀이라고 했으며 또한 《염불입도요문》을 저술하여 모든 근기를 회통하고 융합불교를 제창하였다.

지금 세계는 하나의 시장에서 만나고 있으며 우리는 다문화 시대에 살고 있다. 또한 정의란 무엇이며 정법이란 무엇인지 끝없이 묻고 있다. 분명 불교는 마음의 종교이기 때문에 다양한 종교와 수행법을 융합하고 통섭하는 데 더없이 유리한 입장에 서 있다. 바야흐로 융합이 창조적 파괴라는 새로운 화두로 떠오르고 있는 것이다. 하지만 마음의 본래 밝고 맑은 빛을 등지고 기복에 치우치거나 마음 밖에서 부처를 구하는 어리석음을 쉬지 못하면 주인 역할을 제대로 하지 못하게 될 것이다. 추위가 다가올수록 본래 갖추고 있는 자기 안의 밝고 맑은 빛으로 돌이키면 추위는 자성광명으로 화할 것이다.

오늘도 배는 끝없이 오고 가지만
한 걸음도 물을 벗어나지 않았다.

관음상 앞에는…

겨울 추위가 잠시 풀린 어제 오후에는 관음상 일대를 정리하였다.

지난 가을에 무성했던 풀들이 봉두난발한 것처럼 어수선했기 때문이다.

더불어 몇 년 동안 벼르던 차밭을 정리하고 기름을 돋워 주었더니

막혔던 체증이 내려가는 듯 시원하였다.

춥다는 핑계로 움츠렸던 육신이 모처럼 기지개를 켜니 온몸에 막혔던 기혈이 뚫린다.

지난해 세찬 바람을 유일하게 버텨 낸 모과나무도 가지가 너무 웃자라

흠뻑 거름을 돋우며 열매가 많이 열리기를 발원했다.

불두화, 동백나무, 백목련…. 관음상 앞에는 여러 나무들이 서로 도반이 되어

추운 겨울을 이겨 내고 있다. 아직 여린 꽃눈과 잎눈이 벌써 트고 있다.

추위가 깊어질수록 봄은 다가오고 향기는 더욱 깊어질 것이다.

보조 국사

이른 아침 바다는 여명으로 번지고 있어 마치 불그스레한 사과처럼 색깔이 곱다. 밤새 인적이 끊긴 뱃길은 더없이 잔잔하여 바로 조계로 통하는 길에 닿아 있다.

모처럼 조계산 송광사에 다녀왔다. 예년 이맘때 같으면 단풍이 도착해서 그윽한 가을 풍경을 드리웠을 테지만 기후변화 때문인지 조계산은 아직 젊어 보였다. 하지만 청풍은 온몸으로 다가와서 장육금신(아미타불)을 이루고 체로금풍의 소식을 드러내고 있다.

보조 국사 열반 800주기를 맞아 국제학술세미나가 열리고 많은 내외 국인 학자가 모여 보조 사상을 재조명했다. 신라 시대에는 원효 대사가 많은 이론과 다툼을 일심으로 융합하는 화쟁사상으로 일체 쟁론을 화합시켰다. 그 후 고려 시대에는 보조 국사 지눌 스님이 출현하여 마음이 곧 부처이니 밖에서 구하지 말고 오직 마음을 닦으라는 수심사상을 바탕으로 정혜쌍수를 주창했다. 그래서 선은 부처님의 마음이요 교는 부처님의 말씀이니 마음과 입은 본래 둘이 아니라고 했다. 먼저 마음이 본래 부처임을 믿으면 선과 교의 다툼은 사라지고 모든 수행방편이 마음을 밝히는 일이 되므로 하나로 회통되는 것이어서 일체 다툼이 사라지기 때문이다.

최근의 새로운 바람인 아이폰처럼 창조적 파괴는 이와 같은 융합과 회통의 사상에서 나온다는 사실을 알아야 한다. 다만 원천인 공적영지한 우리의 본래 마음은 허공처럼 텅 비어 공적하지만 허공과 같지 않아서 일체를 분별할 줄 아는 영지가 있으니 공적과 영지가 둘이 아닌 정혜쌍수가 되어야 본래 마음이 드러난다. 그러므로 여러 가지 수행방편은 오직 정혜쌍수를 이루어야만 원만한 공덕을 이뤄 마음이 드러나게 된다. 보통 사람들은 일어나는 번뇌와 대상을 만나면 사량으로 분별하거나 끊어 없애버리려 하는데 이것은 조각난 공부여서 올바른 수행이 아니다.

일체 경계를 만나 오직 알아차리면 양변의 사량과 경계는 흔적 없이 사라지고 눈앞에는 마음도 아니고 부처도 아니며 물건도 아닌 것이 홀연히 출현하는데 바로 즉해서 화두를 제기해야 한다. 그래서 주객이 사라지면 공적과 영지가 하나가 되고 정과 혜를 쌍수하게 되어 회광반조가 이루어져 성품이 드러나게 된다. 이러한 보조 사상은 근래에 효봉 선사가 바로 계승하고 구산 선사가 맥을 이어 송광사를 수선 도량으로 하여 자리매김하게 되었다.

효봉 스님은 일제시대에 최초로 판사가 되었지만 사형선고라는 판결을 내리고 인생에 대한 무상을 느껴 석두 화상을 은사로 득도하였는데 절구통처럼 묵묵히 정진하여 모범을 보였으며 입적하는 순간까지 무자

화두無字話頭를 들어 무자 노장이라는 별명이 붙은 대선지식이었다. 다음
은 오도송의 내용이다.

　　바다 밑 거미집에 사슴이 알을 품고
　　타는 불속 거미집에 고기가 차 달이네
　　이 집안 소식을 뉘라서 알랴
　　흰 구름은 서쪽으로 달은 동쪽으로.

　어제는 효봉 선사 추모재일이어서 많은 문도들이 모이고 다시 한번 선
지식을 기리며 정진을 다짐하는 계기가 되었다. 더욱 정진하여 은혜에 보
답하는 사람이 되어야겠다.

이 뭣고

섬에는 강풍이 불고 낙엽들이 철새처럼 하늘 높이 날아오르고 있다. 용의 울음처럼 괴이한 바람이 창문을 흔들고 지나간다. 갑자기 날씨가 추워지니 오히려 몸에 부딪치는 감각 속에서 온통 부처가 깨어난다. 부처는 이처럼 보고 듣고 깨달아 아는 부딪침 속에 나타난다. 하지만 자세히 들여다보면 견문각지하고는 상관이 없다는 것도 또한 알 수가 있을 것이다.

'이 뭣고' 화두를 하는 사람들은 우리의 자성은 보고 듣고 아는 것이 특성이라는 사실을 알기 때문에 이것을 근거로 하여 의정을 일으키지만 이렇게 아는 것을 가지고 의정을 일으키면 이는 죽은 의정이라서 활달한 생명력이 없다. 이렇게 공부를 지어 가면 처음에는 마음이 조용해지고 지혜가 조금은 생기지만 아는 것이 오히려 성품을 장애하기 때문에 아는 것에 머무르면 오히려 현실감각이 떨어지고 둔해진다. 이것은 용성 선사께서 지적하신 이 뭣고 화두의 병폐이다.

그러므로 이러한 장애에서 벗어나려면 아는 것을 가지고 공부를 지어 가서는 안 된다. 성품은 알고 모르는 것에 상관이 없는 천진한 것이 본래 모습이기에 다만 일상사에서 일체를 잘 분별해서 알지만 안다는 생각에 머무르지 않으면 이제는 성품이 드러난다. 성품 스스로는 안다는 생각이 없기 때문에 아는 것이 오면 바로 태워 버리고 본래 천연한 성품만 오롯이 드러난다. 이것을 바로 믿어야 공부가 시작된다.

보통 사람들은 공부를 한다고 하지만 먼저 바른 믿음 없이 아는 것을 가지고 의정을 일으키면 오히려 성품을 장애하게 되어 둔해진다. 그런데 바른 믿음이 성취되면 일체 번뇌와 눈앞에 나타나는 대상이 성품의 모습이지만 아직은 깨닫지 못했기 때문에 이것이 무엇인지 참구해야 하는데 이러한 상태를 '이 뭣고'라 한다. 오직 아는 것은 모두 사라지고 모르는 것 하나만 남게 되는데 일체 경계에서 이것을 확인하며 의정을 일으키면 일마다 성품에 계합되고 비로소 화두를 든다고 한다. 하지만 이러한 과정에서 나타나는 고급 지해를 순간 취하면 바로 화두를 놓치게 되고 공부길이 막혀 버린다. 일체 아는 것을 끝없이 놓아버리고 알 수 없는 화두를 운전해 나간다는 것이 그래서 어렵다고 한다.

어제 상담을 청해 온 대구의 보살님은 다행히 마음이 순수해서 말을 알아 듣고 이제 바르게 화두를 할 수 있게 되었다고 감사의 인사를 보내 왔다.

아침이 되니 점점 강풍이 순해지고
숲은 서서히 거친 숨을 고르고 있다.

수행의 향기

　허브꽃이 한창인 도량에는 향기 소리가 가득하고 벌들은 하나의 꽃에 머물지 않고 부지런히 옮겨 다니고 있다. 요즈음 가만히 지나온 공부길을 돌이켜 보면 지난하고 힘든 길을 걸어왔다는 생각과 함께 앞으로 가야 할 길이 보인다. 그간 얼마나 경계에 머물러 고생을 하고 아까운 세월을 낭비했는지 돌이켜 보면 아찔하기 그지없다. 어떤 깨달음의 경계에도 머물지 말아야 하는데 그것이 쉽지 않다.

　보조 국사는 《진심직설》에서 생사가 없는 도리를 먼저 알아야 하지만 체득하는 것보다는 못하고 다시 여기에 계합해야 하고 생사가 없는 도리를 자유자재로 써야 비로소 자유인이라고 하였다. 조금 수행해서 알았다고 그만 아만을 부리는 사람을 보면 이해가 가면서도 그저 안타깝다. 수행을 해서 뭔가 얻은 것이 있으면 그것은 오래지 않아 막힐 것이 뻔하게 보이기 때문이다.

벌이 꽃을 다치지 않고 꿀을 따듯이
어떠한 경계에도 머물지 말고
끝없이 자기를 버리고 죽여야
가을 하늘처럼
삼라만상을 수용할 수 있다.

개운한 날

'우거진 수풀에 호미질하지 않는다.'

이것은 임제 선사의 말씀으로 법의 체성을 뜻한다. 거친 번뇌 그대로가 깨달음이요, 중생의 업식 그대로 본래 부처이기 때문이다. 하지만 지금 자신의 모습은 그렇지 못하기 때문에 악한 습기는 삼매의 뜨거운 불기운에 말리고 착한 습관은 안개비에 옷이 젖듯 소리 없이 길들여야 한다.

모처럼 햇빛이 좋은 날이라서 습기에 젖은 좌복을 말리고 무성하게 풀이 자란 도량을 말끔히 정리했다. 안과 밖이 개운한 날이다. 수련회가 예정돼 있어 준비하고 있지만 아무리 좋은 일도 선가에서는 없는 일만 못한 것이 이 집안 풍속이다.

그래서 옛 선사가 말하기를 절 마당에 풀이 무성하게 자라면 세상이 평안하여 절에 올 일 없으니 오히려 좋은 시절이고, 절 마당에 풀이 없으면 세상이 편안하지 못하여 절에 자주 온다는 증거가 되니 좋은 시절이 아니라고 했다. 공감이 가는 말씀이지만 풀이 무성하면 게으르다고 또한 흉을 보니 사는 것이 쉬운 일이 아니다.

　아무튼 오는 사람 막지 말고 가는 사람 붙잡지 말라는 것이 미덕이니 인연을 따라서 보내고 맞이하는 일을 잘하면 본분사에 어긋나지 않을 것이다.

텃밭에서

아침저녁으로 텃밭에 나와 정성껏 물을 주고 가꾸는 재미가 쏠쏠하다. 텃밭에 무와 배추가 제법 자랐다. 오늘은 연둣빛 잎에 가을비가 내리니 더욱 싱그럽다.

한 생각 번뇌와 대상을 만나 바로 알아차리면 진심에 계합하여 주객이 사라지고 보리의 열매는 나날이 익어간다. 수행이 깊어질수록 더욱 조심스러워지고 더욱 살피게 되는 것은 무시이래로 지어 온 습기를 다스리기가 쉽지 않기 때문이다.

요즈음 《행복한 간화선》을 읽고 많은 도움을 받고 있다는 전화를 받으니 다시금 보람을 느낀다. 더욱 정진하여 많은 사람들의 등대가 되어야겠다는 발원을 해 본다. 어지러운 세상, 서로 믿고 탁마하면서 어렵고 힘든 수행의 길을 포기하지 말고 함께 나아갔으면 한다. 하심하고 살필수록 수행의 향기가 깊어진다는 사실이 오늘 아침 새삼스럽게 다가온다.

상선약수

아침 산책길에 나선다. 하늘은 투박한 하얀 천으로 덮였지만 올 사이
사이로 청잣빛 하늘이 삐져나오고 있어 구름과 하늘이 둘이 아님을 여실
히 드러내고 있다. 코스모스는 풀벌레 울음소리와 더불어 한가롭게 흔들
리고 있다.

가을은 수행하기 더없이 좋은 계절이다. 구름과 하늘이 둘이 아닌 것
처럼 마음의 본체는 텅 비었지만 묘하게 일체를 분별해 내는 지혜가 있어
흘러나온다는 사실이 계절의 정감으로 어렴풋이 다가오기 때문이다.

산에서 내려오는 길은 경사가 완만해서 산책하기에는 더없이 좋다. 바
다와도 바로 연결되어 있다. 노자는 《도덕경》에서 최고의 선은 물과 같
아서 다투지 않는다고 했다. 이것을 일선—善이라고 한다.

길의 흐름을 따라 내려오다 보니 풀벌레 울음소리와 코스모스의 여러
색깔, 청잣빛 하늘이 서로 다투지 않아 둘이 아니었다. 큰길에서 만난 사

람들의 이야기 소리는 아침의 고요를 흔들어 놓았지만 마음은 명경지수와 같아서 바다로 가는 데 방해가 되지 않았다. 여러 대상들을 만났지만 물처럼 시비가 사라져 높고 낮고 크고 작은 만남을 탓하지 않으니 비로소 바다가 되었다.

불교에서 말한 법이란 바로 마음이고 일체 대상이 마음 아님이 없으니 일체 법이 바로 마음이어서 둘이 아니다. 법法이란 글자는 그래서 물의 흐름을 상징하고 있다. 물처럼 살면 일체 법에 저촉받을 일이 없어 자유로운 것이다. 모든 것은 마음 법에서 흘러나오기 때문이다.

노자는 신이 죽지 않는 골짜기가 있으니 이를 '현빈玄牝'이라고 했다. 현빈은 깊고 그윽하여 만물이 나오는 근원이어서 마치 어머니와 같다고 했다. 현빈은 텅 비어 있어 불교에서 말하는 반야의 공과 같아서 일체 이름과 형상이 끊어졌지만 또한 인연을 따라서 일체를 차별 없이 나투어 내기 때문이다. 남녀노소, 미추선악, 높고 낮음, 크고 작음에 아무런 꾸밈이 없다. 마치 물들지 않는 흰 천과 같고 다듬지 않은 투박한 통나무와 같아서 '나'라는 상이 끊어져 그저 어눌한 사람과 같다.

현빈은 '도'의 다른 이름이지만 항상 도라는 하나의 이름을 고집하지 않는다. 불성과 반야, 마음과 해탈, 한물건, 열반과 피안이라는 이름이 다르지만 결국에는 하나의 세계를 뜻하기 때문이다. 이러한 현빈의 세계에 노닐고 싶으면 마음을 물처럼 써야 하고 마치 어린아이처럼 순진해야 한다. 사람마다 가지고 있는 마음이라는 국토에는 불성이라는 법왕이 상주하고 있으며 중생심이라는 백성을 거느리고 있다. 그런데 순간순간 깨어 있지 않으면 중생심이라는 백성은 시비선악에 휘말리게 되어 마음이라는 국토를 흔들어 놓아 크고 작은 싸움이 일어나게 되어 끝내는 법왕을 배반하고 고통받는데 이것이 우리 일상사의 모습이다.

이제 일상사에서 끝없이 일어나는 시비와 선악이라는 중생심의 백성을 만나면 법왕은 순간 바로 알아차려 시비하지 말고 마치 오랜 친구를 만난듯이 맨발로 뛰어나가 감싸안고 따뜻하게 맞이해야 한다. 그래야 번뇌는 바로 보리가 되고 중생심은 바로 불성에 계합하게 되어 마음이라는 국토가 평화롭기 때문이다.

이것을 노자는 다스리지 않는 우두머리에 비유하고 있으며(長而不宰) 꾸밈이 없는 무위의 정치를 실현하는 모습으로 그리고 있다. 또한 어려운 백성을 만나면 집에 찾아가서 섬돌을 닦아주고 어두운 곳을 잘 살펴 고통을 덜어줌에 비유하고 있다(滌除玄覽). 이것은 수행하는 사람이 한 생각 번뇌와 대상을 만나면 싸우지 말고 어린아이처럼 감싸안아야 평화롭다는 말과 같다. 결국에는 어린아이처럼 천진해야 불성과 하나가 되기 때문이다.

하지만 수행하는 대부분의 사람들은 한 소식 해서 높은 경지를 얻으려고만 하지 본래 가지고 있는 천진면목을 믿지 않아 밖으로 구하는 데 일생을 허비한다. 이에 노자가 도인이 되어 이러한 고급 이치를 가르치려 했지만 알아듣지 못하자 흔적도 없이 자취를 감춰 버렸다. 그러고는 자조하기를 "세상 사람들은 이러한 이치를 몰라도 울고 웃으며 잘 살아가는데 나는 뭣 때문에 이러한 이치를 깨달아 가르치려 하는가. 알아듣지도 못하는데"라고 하였다. 이러한 이치를 모르면 복이 아무리 많아도 복이 다하면 타락하여 생사윤회의 물결에 휩쓸린다. 그러면 지옥, 아귀, 축생이라는 삼악도에 헤매게 되니 또한 말하지 않을 수도 없다.

최근 《도덕경》을 보면서 자신을 돌이켜 보게 되었다. 일반 사람들은 절에 와서는 사주나 관상을 봐 주기를 원하며 복을 구한다. 그러고는 복이 성취되어야 영험이 있다고 한다. 이러한 고급 수행 이야기는 아무 필요가 없고 오히려 사람을 멀리하게 한다. 하지만 알아 듣는 지음자도 있으니 고마운 일이다.

이런저런 상념에 젖어 흐름을 거슬러 산책길을 되돌아오는데 자비심을 실천으로 하는 명상을 개발하여 대학과 템플스테이에서 선풍을 일으키고 있는 스님이 격려를 보내와서 수행길에 힘이 되어 준다.

사람들은 쉬운 것만 좋아하고 어려운 수행은 하지 않으려 한다. 하지만 요즈음 공정한 사회가 새로운 코드이듯 정법을 모르고 절에 다니면 어리석음만 늘어나고 정법을 가르치지 않으면 또한 죄업을 짓게 되니 말을 하지 않을 수도 없다.

한길가의 코스모스는
더없이 한가롭고
풀벌레 울음소리에
귀 밝아진다.

큰비가 오려는 듯

하늘은 먹구름에 갇히고

돌담의 제비꽃

수줍은 듯 살포시 고개를 내밀고 있네요.

반딧불이

남녘의 들판엔 올 가을이 유난히 풍성하다. 추석 연휴를 맞이하여 요가 수행자 가족들이 토실토실 영근 알밤과 올벼 쌀을 가지고 왔다. 올벼 쌀은 오랜만에 맛보는데 찐쌀로 만들어서 씹을수록 고소한 맛이 그 옛날 고향으로 돌아가게 한다.

바다로 내려가 보니 어스름한 저녁 바닷가에선 벌써 고향에 내려온 사람들이 불을 피우며 달을 부르고 있었다. 멀리 바라보이는 작은 섬에 집집마다 등불이 켜지면서 달이 하나씩 떠오르고 있다. 서서히 밤바나는 금빛물결로 출렁이고 어느덧 파도소리와 더불어 온몸으로 번지고 있다. 한참 돌팔매질을 하며 몽돌밭을 거닐다가 흐름을 멈추고 잠시 파도소리를 타고 입정에 들어간다. 끝없이 밀려왔다 사라지는 파도소리가 문득 끊어지고 나니 더없이 고요하다. 파도소리를 타고 들어가면 일체 소리는 흔적도 찾을 수 없다.

하지만 돌처럼 죽은 것이 아니어서 다시 나오면 다만 파도소리일 뿐, 소리와 소리를 듣는 주객이 사라지고 오직 소리뿐이어서 이근원통의 관세음보살이 된다.

예전 남인도 폰티철리를 방문했을 때의 기억이 떠오른다. 아우로빈도 아쉬람이 있는 바닷가의 요가 아쉬람에 잠시 머무르면서 모래밭에 아침 해가 떠오를 때 요가 행자들과 함께 요가를 했는데 매우 아름다운 추억으로 남아 있다. 부부가 함께 마스터로 크리쉬나 요가원을 운영하며 이론과 수행을 겸비하고서 진실하게 수행하는 모습이 그려진다. 더없이 귀한 인연들이다.

이런저런 이야기꽃을 피우며 다시 산으로 돌아오는데 길옆 풀밭에서 반딧불이가 쇼를 벌이고 있었다. 반딧불이가 저마다 달 하나씩 머금고 풀벌레 소리와 함께 벌이는 쇼는 참으로 장관이었다. 사람들은 처음 보는 반딧불이 쇼에 흠뻑 빠져 잊지 못할 추억을 만드는 데 여념이 없었다. 어느덧 선원에 도착하니 뒷산 사자봉에는 달이 훤칠하게 솟았고 앞마당에서도 반딧불이가 쇼를 벌이고 있다. 하늘에 달은 하나지만 달이 없는 곳이 없다.

수행하는 사람들은 경계를 따라 여러 차례 마음달을 보지만 깊어질수록 흔적을 지우고 보통 사람이 되어야 한다. 얻은 경지를 지우지 못하면 그때부터 사람 냄새는 점점 사라지고 현실과 멀어지며 더 깊은 특별한 경지를 찾아서 헤매게 된다. 그러면 구하는 업력을 쉬지 못하여 점점 멀어진다. 얻기는 쉬워도 흔적을 지우기는 참으로 어렵다. 저 맑고 푸른 허공이 되어 해와 달을 마음대로 굴리기가 쉽지 않기 때문이다. 하지만 허공처럼 아무런 분별이 없는 무기의 바보가 아니어서 신령스럽게 일체를 판별하지만 다만 머물지 않으면 자유로울 수 있다.

　밤은 점점 깊어가고, 낱낱이 달이 되어 하늘을 수놓으며 쇼를 벌이던 반딧불이는 이제 자기의 불빛을 돌이켜 하나의 달로 돌아갔다.

뒷산 사자봉이 달을 삼키니
바다 밑에서 불기둥이 일어난다.

상사화

바위 앞에는 상사화가 보름달처럼 만상을 머금었다. 잎과 꽃이 만날 수 없어 붙은 이름처럼 지금 고향에 가지 못한 사람은 추석이 더없이 애절하게 다가올 것이다. 남북 이산가족이나 멀리 이국땅에 뿌리를 내렸거나 지금 이 땅에 뿌리를 내린 사람들은 고향과 가족들이 그리울 것이다.

하지만 하늘에 보름달이 떠 있는 것이, 달을 보면 바로 고향을 보라는 뜻임을 알면 고통은 반감될 수 있다. 지금 서 있는 자리에서 문득 달을 보며 시공간을 벗어나면 바로 고향의 부모형제가 다가오기 때문이다. 또한 외롭고 힘든 처지에서 벗어나 더욱 자신을 긍정하고 어려움을 이겨나가는 힘을 얻을 수 있을 것이다.

하늘에 달은 하나지만 나타나지 않는 곳이 없어 동서남북이 없고 크고 작은 강마다 차별 없이 떠 있다. 또한 흑백의 피부에도 차별 없이 비춘다. 그래서 추석에 고향을 찾는 것은 보름달을 보며 무엇보다도 감사와 은혜의 덕성을 배우고자 함일 것이다.

그러나 마음이라는 달을 통하지 않고는 아무리 둥근 보름달이라도 빛은 반감되고 만다. 하늘의 달은 마음의 그림자이기 때문이다. 누구나 가지고 있는 마음달은 둥글고 원만하여 사람마다 차별이 없고 나타나지 않는 때가 없다. 일상사의 시비와 희로애락에 늘 함께하고 있어 한 번도 떠나지 않는다.

다만 달을 보지 못하고 나타나는 시비와 희로애락이라는 달그림자에 속으면 지금 서 있는 자리를 긍정하지 못하게 되고 늘 달을 그리는 마음으로 살게 된다. 지족하는 마음이 없으므로 자기의 처지를 긍정하지 못하여 상황에 끌려가게 된다. 마음은 형상이 없어 나타날 때는 희로애락과 함께 나타난다. 그러므로 지금 희로애락이 바로 달이니 순간순간 마음인 달만 봐야지 달그림자에 속지 말아야 한다. 일체 언어와 대상은 달그림자이니 또한 속지 말아야 한다. 다만 달만 봐야 한다.

달은 일체 대상과 둘이 아님을 이루고
빛과 대상마저 사라져서 더없이 그윽한데
청명한 가을 아침 상사화는 꽃술마다 춤이로다
어여루 상사디어 어여루 상사디어 어여루 상사디어

감사의 공양

새벽에 쏟아진 소나기에 아침 기운이 더없이 상쾌하다. 그간 미루었던 앞마당 잔디를 깎고 관음상 주변 잡초들을 말끔하게 정리했다. 차밭에는 세 그루의 밤나무가 있는데 어느덧 밤송이가 영글어 벌어지고 알밤이 빠지고 있다. 얼른 알밤 하나를 주워 관세음보살님께 감사의 공양을 올리고 깨물었더니 그윽한 향기가 입안에 가득하다.

높고 푸른 가을 하늘이야 증감이 없지만 달은 차고 기움이 있어 추석이라 이름 지은 것은 모든 은혜에 감사하는 마음을 기르는 데 뜻이 있을 것이다. 수행한다고 하지만 사람의 도리를 모르면 수행에 진전이 없고 장애가 많다. 효도하는 마음에는 돈오의 성품이 함께하고 있기 때문이다.

관음상 앞에는 잔잔하게 노을이 번져 가고
문밖 바다에는 금빛물결 더없이 그윽하다.

셋은 하나

　오늘은 민족 고유의 날인 칠월칠석이다. 남과 여, 성품 셋은 하나이면서 셋이고 셋이면서 하나인 줄 알아야 서로에 대한 믿음이 성취되고 진정한 사랑이 싹터서 수행으로 나아가게 된다. 또한 미추, 선악, 남녀, 노소 등 일체 상대법이 성품으로부터 좇아 나왔으니 나오자마자 바로 하나로 쳐서 성품으로 돌이키면 너와 나라는 생사심이 바로 사라진다. 그러면 전광석화처럼 광명의 빛으로 화하게 되니 이것이 어제 있었던 광복절의 참다운 의미일 것이다.

　누구나 본래 가지고 있는 광명의 세계인 성품은 상대적인 생사심으로 말미암아 어둠에 갇혀 있지만 마음이 본래 부처라는 믿음이 성취되면 과거·현재·미래인 삼세가 현전일념으로 뚜렷하게 드러나고 현전일념을 화두의정으로 바로 돌이키면 찰나에 성품을 만나게 되어 빛으로 전환된다. 이와 같은 믿음이 성취되어야 비로소 닭이 알을 품듯이 화두의 의정을 자연스럽게 품게 된다.

간단없이 지속되는 간절한 의정을 통해서 문득 기연을 만나게 되면 몸과 마음이 무너지고 해와 달보다 밝고 활달한 경계를 체험하게 된다. 하지만 보통 식광을 성품으로 오인하여 여기에서 나타나는 작은 지해와 몸의 즐거움과 선정의 기쁨을 취하여 길을 잃고 다시 헤매게 되니 여기에서 머무른다면 이것은 차라리 없었던 일보다 못한 것이 된다. 이것이 고급 선병인 줄 모르고 보통 속아서 화두를 놓쳐 버리고 허송세월을 하게 되니 반드시 지워 버리고 다시 화두를 들어야 한다.

한편 깨닫고 나서부터 진정한 수행이 시작되는 것이다. 왜냐하면 비로소 성품을 보았기 때문에 무시이래로 익힌 업력으로 온종일 깨달음을 실천하기는 어려우며 일체 망념과 대상을 만나서 다시 상대적인 세계에 떨어지기 때문이다. 그래서 일체 경계에 자유자재로 성품을 굴리는 무위의 수행을 통해서 성품을 증득해야 한다. 그러므로 성철 스님은 잠잘 때와 깨어 있을 때가 한결같은 오매일여가 되지 않으면 수행한다는 말도 못하게 한 것이다. 하지만 이것은 돈오 후의 증득의 보림행이지 반드시 오매일여를 통과해야 돈오라는 것은 아니다. 한편 조주 선사도 평생을 수행했다고 했는데 깨달았다고 해서 함부로 행동하고 방심해서는 안 될 것이다.

아직 수행이 깊지 못함을 느끼는 것은 일체 경계에 자유자재가 되지 않기 때문이다. 더욱 살얼음을 밟듯이 정진해야 한다. 생사심이 일어나는 순간 회광반조하면 전광석화처럼 빛으로 화해서 성품의 광명이 찬란할 것이다.

뒤뜰에는 일체 경계가
성품과 둘이 아님을 증명하듯이
칸나가 학머리처럼 붉다.

주인공

요즈음 세계는 월드컵 축구 열기로 뜨겁다. 일요일에 찾아온 사람들 가운데 한 초등학생이 앞으로 저희들 팀이 어떻게 될 것인지 신통으로 알려 달라고 조른다. 공이 둥글기 때문에 아무도 모른다고 했지만 무슨 말인지 못 알아듣는다.

축구는 열한 명의 선수와 관객이 함께 어우러지는 것으로 십이인연을 공으로 관하는 모습이다. 십이인연이 십이처로 나와 세계이니 나와 세계가 본래 공한 줄 알면 해탈이기 때문이다. 그래서 나와 세계가 바로 마음인 줄 믿으면 공을 굴리게 되며 공은 둥글다는 사실에 눈을 뜨게 된다. 그러면 비로소 우주는 하나의 그라운드가 되는데 일어나고 사라지는 일체 생각과 대상이 시간과 공간의 장애 없이 펼쳐지기 때문이다.

다만 일체 대상이 나타나면 바로 알아차려서 머물지 말고 끝없이 패스를 해야 한다. 결국에는 일어나는 생각을 굴리느냐 굴림을 당하느냐의 문제이기 때문이다. 마치 축구 선수들이 상대의 치열한 수비를 벗어나기 위해 머물지 않고 끝없이 패스로 돌파하는 것과 같다. 그러나 자기 욕심으로 머물거나 반칙을 하면 카드를 받아 경기의 흐름이 끊어지고 역습이 오게 되어 감정에 휘말리게 된다. 그러므로 어떤 상황에서도 휘말리지 말고 공에 대한 집중력을 놓쳐서는 안 된다.

화두가 순일하지 못한 것은 일어나고 사라지는 번뇌와 대상을 그대로 알아차려서 보내지 못하고 싸우기 때문이다. 축구에서도 자기 집착이 강하면 오래 머물게 되어 치열한 수비를 벗어나기 힘들 것이다. 다만 흐름을 따라서 공과 상황을 끝까지 주시하다 보면 문득 단독 드리블이라는 삼매로 나아가서 대밭에 물이 빠지듯이 상대의 수비수를 돌파하고 골인이라는 해탈을 얻게 된다.

요즈음 노력하는 사람보다는 즐기는 사람이 되라는 것이 새로운 화두이다. 모처럼 축구를 통해 화합과 평화를 이루기 위해서는 승패나 이념의 흑백 양변을 떠나서 함께 즐겨야 한다. 남아프리카공화국의 노벨상 수상자인 넬슨 만델라는 축구라는 깨달음을 통해서 지금 월드컵이라는 세계 축제의 주인공이 되었다.

수행하는 사람은 게임에 휘말리지 않고 오직 감정의 흐름을 주시하면서 화두를 챙길 것이다. 그러면 수행이 깊어질수록 평등한 마음이 되기 때문에 자기를 점검하는 소중한 시간이 될 것이다. 사람마다 가지고 있는 주인공은 본래 둥글고 원만하여 모자람이 없다. 공이 둥글다는 사실이 이를 증명하고 있다. 세상은 곳곳마다 태클과 반칙이 존재하지만 감정에 휘말리지 말고 있는 그대로 알아차려서 성품으로 돌이키면 서로 친

구가 되어 무난히 지나간다. 서 있는 곳마다 주인공이 되고 처하는 곳마
다 행복하기 위해서는 머물지 말고 그물에 걸리지 않는 바람처럼 지나가
야 한다.

공은 둥글어서
파도에 휩쓸리지 않는다.

해바라기

하늘에 끝없이 일어나고 사라지는 구름처럼 일어나고 사라지는 번뇌를 끊어 버리는 수행은 허공처럼 텅 비어 고요하지만 생명력이 없어 무기력하다. 또한 끝없이 생멸하는 지혜를 취하면 영리하지만 산란하여 들뜬다.

한편 수행하는 사람은 기멸이 사라진 편안함을 구하여 무기공에 떨어져 바깥일을 잊어버리고 범부는 생멸하는 지혜에 탐착하여 적멸을 등지고 집안일을 망각하여 헤매게 되니 이것은 무시이래로 익힌 습성 때문이다. 생멸을 떠나서 적멸이 있는 줄 알며 적멸 그대로 생멸인 줄 모르고 절대적인 경지를 구하려 하는 것이 업력이기 때문이다. 그래서 부처님께서는 모든 것에는 실체가 없으며 다만 서로 의지해서 발생한다는 연기법을 설했던 것이다.

만약 생멸과 적멸이 둘이 아닌 줄 알면 생멸에도 머물지 않고 또한 적멸에도 머물지 않아 생멸과 적멸을 굴리게 되니 양변에 떨어지지 않아서 해바라기 그대로가 찬란한 자성광명임을 깨닫게 된다.

화두는 융합

밤사이 많은 비가 내린 탓에 바다는 파도소리로 더욱 요란하다. 골짜기마다 이름이 다른 큰 물이 처음 바다에서 합류하니 바로 융합을 이루지 못해 아직 시끄럽지만 조금 지나면 일미의 짠맛으로 화합을 이뤄 고요해질 것이다.

축구공 하나로 세계를 통합시켰던 월드컵이 끝났다. 유럽의 힘과 남미의 기술, 아시아의 목표 의식이 결합한 무적함대 스페인은 패스의 미학을 드러낸 창조적 축구로 결국 승리자가 되었다고 한 인터넷 포털 사이트는 전하고 있다. 미국 애플사의 아이패드는 컴퓨터와 전화, 전자책이라는 통합 그라운드를 마련하여 IT(정보기술)계에 새로운 바람을 일으키고 있다. 바야흐로 융합이 새로운 화두로 떠오르고 있는 것이다.

남아프리카공화국의 흑백 갈등을 융합시킬 수 있었던 화두는 축구였다. 넬슨 만델라 대통령이 흑백이라는 양변에 치우치지 않고 잘 관리하여 결국에 국가 통합을 이룰 수 있었던 것은 오직 공이 둥글다는 사실에 충

실했기 때문이다. 하지만 공에 다시 흑백과 이념과 승패라는 관념이 개입되면 어느 한쪽의 세력을 통합하는 데는 유리하지만 새로운 분쟁의 씨앗이 될 수 있기에 조심해야 할 것이다. 그래서 스포츠는 분쟁과 갈등을 조절하고 관리하는 건전함을 벗어나지 말아야 한다. 마치 종교가 정치와 야합해서는 안 되는 것과 같다.

사람이 태어나서 살아간다는 것이 쉽지 않은 것은 '나'라는 아상과 '너'라는 인상, '차별심'이라는 중생상과 목숨을 유지하려는 수자상이 강하기 때문이다. 그래서 금강경에서는 사상을 공으로 융합해서 사상을 무너뜨리고 금강석처럼 무너지지 않는 필경공을 성취하라고 가르치고 있다. 마치 축구에서 상대의 수비벽을 패스를 통해서 끝없이 통과하는 것처럼 사상이 바로 공이라는 사실을 알아서 일체 상이 상 아님을 아는 것과 같다. 한 생각 번뇌와 대상을 만나 바로 알아차리면 필경공이 드러나는데 그러면 바로 벗어나게 된다. 이것이 어떤 상황이나 대상에 집착하지 않는 패스의 미학이다. 일체 대상과 번뇌가 일어나더라도 바로 알아차리고 머물지 않으면 필경공이 드러나서 일체 고통으로부터 해방되기 때문이다. 화두는 바로 이런 이치이며 필경공이다.

그러나 나라는 주체 의식이 아직 남아 있으면 나를 중심으로 뭉칩하고 융합하라고 강요하게 됨으로써 세력을 형성하게 된다. 그러면 가치가 다른 힘이 충돌하고 부딪치게 된다. 조사의 말씀인 화두는 바로 필경공이기 때문에 나라는 상이 닿기만 하면 바로 태워 버려서 네가 바로 나임을 깨닫게 된다. 이것이 바로 화두가 융합이라는 말이다. 마치 바다가 백천 강물을 포용하여 일미평등의 짠맛을 이루는 것과 같다. 일체가 무아

임을 깨달으면 세계는 바로 나와 둘이 아닌 것으로 융합되고 오직 관계성만이 존재하는데 이것이 연기의 이치이다. 축구에서는 끝없는 패스를 통해서 관계성을 회복함으로써 융합의 새로운 창조가 이루어진다.

가족 간 융합의 원리는 사랑이며 보살에게는 일체 중생을 친자식으로 생각함으로써 자비심이 융합의 이치이다. 화두는 의정이 생명으로 일체를 하나로 융합해서 마지막 한 가지 남은 의정마저 깨뜨리는 필경공이다. 그러나 깨달음의 흔적을 지우지 못하면 아직 '나'라는 상이 남아 있어 상대를 무너뜨리려는 주장을 버리지 못하고 융합이 되지 않아 괴로움을 면하지 못할 것이다. 지금 가족이나 회사에서 잘 융합되지 못하는 사람이 있다면 자기 생각을 잘 패스하지 못한 결과이다. 그러나 큰 잘못은 아니므로 다만 상황을 있는 그대로 알아차리면서 하나가 되면 점점 아상에서 벗어나고 필경공이 드러나 일체 관념과 습관을 패스하게 될 것이다.

소금은 음식에 들어가서 상대의 성질을 무너뜨리지 않고 서로 융합하여 더욱 맛을 내게 한다. 비빔밥과 김치는 융합의 산물이다. 융합이 21세기의 새로운 화두로 떠오르고 있다.

참말로

밤새워 지켜보았던 태풍 말로가 그야말로 고요히 지나갔다. 끝없이 바람을 고르던 숲은 이제 더없이 잔잔하다. 말로는 마카오말로 '구슬'을 뜻한다고 하니 태풍 이름 치고는 작명을 잘한 것 같다. 마치 여의주로 조화를 부리듯이 온몸을 자재로이 틀며 육지에 오르지 않고 다시 고향인 바다로 돌아갔다.

예부터 용은 바다의 제왕으로 풍운을 몰고 다니며 비를 내리게 하고 높은 곳은 덜어서 낮게 하고 낮은 곳은 높여서 조화롭게 한다 하였나. 이 모든 것은 여의주를 갖고 있기 때문에 가능하다. 선원에는 두 마리 용이 있는데 하나는 두 발을 날카롭게 세운 모습으로 지혜를 상징하고 하나는 여의주를 물고 있는 모습으로 본체인 선정을 상징한다. 선정과 지혜가 쌍수되어야 마음대로 조화를 부릴 수 있기 때문이다.

경에서는 수청주라는 구슬이 있어서 온갖 탁한 물을 맑게 한다고 했다. 또한 지장보살은 손바닥에 구슬을 가지고 있어 중생들의 업력을 비추어 보고 한 중생도 남김없이 지옥에서 구제한다. 이처럼 사람마다 가지고 있는 구슬이 있으니 이것이 바로 아마륵과로서 신령스러운 성품인 마음이다. 그래서 원효 대사는 무덤에서 해골 물을 마시고 깨달아 일체를 마음이 만들었다고 노래했다. 일체가 아마륵과라는 마음을 통과하게 되면 마음 아닌 것이 없기 때문이다. 다만 조건은 화두를 타파하든지 염불삼매를 성취하든지 아마륵과를 통과해야 한다는 사실이다.

구슬은 자체로는 색깔이 없어서 빨간 보자기에 올려놓으면 빨간 구슬이 되고 파란 보자기에 올려놓으면 파란 구슬이 되고 검은 보자기에 올려놓으면 검은 구슬이 된다. 그러나 사람들은 마치 구슬에 색깔이 있는 것으로 착각하여 집착하고 고통을 당하게 된다. 사람의 마음은 마치 구슬과 같아서 일체 색깔과 냄새와 소리, 촉감을 분별하지만 자체로는 허공과 같아서 물들지 않는다. 그러니 대상을 따라서 집착하고 마치 실재하는 양 착각을 일으켜 끝없이 고통을 당하게 된다. 이것에 대해 반야심경에서는 오온이 공함을 깨달으면 일체 고통을 벗어나게 된다고 설하고 있다.

보통 사람도 마음의 구슬을 잘 쓰고 있다. 그러나 하루 종일 일체를 분별하고 사량하는 가운데 물들어 버리기 때문에 고통에서 벗어나지 못한다. 이것은 대상에 굴림당하는 삶으로 노예 생활과 다르지 않으니 문제가 되는 것이다. 그러나 수행하는 사람은 보통 사람과 똑같이 쓰지만 대상에 굴림당하지 않고 스스로 물들지 않아 서는 곳마다 주인이 된다. 허공은 천둥벼락이 치거나 어둠이 오더라도 상처 하나 입지 않고 어둠에 물들지 않는다.

　사람마다 가지고 있는 마음이라는 구슬도 이와 같다. 다만 일체 생각과 대상에 물들어 잠시 빛을 잃었을 뿐 없어진 것이 아니다. 수행이란 새로운 구슬을 얻으려는 작업이 아니라 다만 흙을 제거하는 작업이다. 일체 일어나는 생각과 대상을 있는 그대로 알아차리면 바로 마음에 계합하여 본래 맑은 말로가 드러난다.

사람마다 가지고 있는
참말로여
귀하고 귀하도다.

일지암

전남 해남 대흥사 조실스님 천운 대종사 영결식에 다녀왔다. 사찰은 예전에 왔을 때와는 다르게 새롭게 도량을 결계하고 선방을 잘 지어 놓아 새로운 면모를 보여주었다. 특히 산세가 강하고 유함을 두루 갖춰 참으로 유장하고 웅장함에 서산 대사가 찬탄했던 이유를 이제야 알 것 같았다. 모처럼 도반스님들을 만나 차를 마시고 덕담을 나누면서 우리 곁에서 떠나시는 큰스님들을 붙잡을 수 없음에 아쉬움을 느꼈다.

절에는 노스님들이 계셔야 포근할 뿐더러 그분들로부터 지나간 역사와 구수한 수행담을 들을 수 있는데 그 귀한 인연을 떠나 보내야 하니 아쉽기만 하다. 특히 특별한 인연이 있었던 천운 큰스님의 구수한 입담에서 나오는 해학과 쉽고 편안한 법문은 생각만 해도 흐뭇하다. 그래서인지 법구에 불이 들어가니 노보살님들의 우는 소리가 여기저기서 많이 들린다.

저녁에는 후배스님의 배려로 초의 선사의 숨결이 깃든 그림 같은 일지암 초가에서 모처럼 편안한 휴식을 했다. 하지만 그 옛날 초의 선사의 다선일미 정신을 음미하니 쉽게 잠이 오지 않았다. 새벽이 되어서야 잠이 들었다.

아침에는 멀리 대둔산의 산세를 한눈에 볼 수 있어 더없이 좋았다. 더구나 공양이 끝나고 큰스님 영전에 금강경 두 편을 올렸더니 목이 터져서 하루 종일 환희심에 신심이 일었다.

호남 불교의 전법과 복지의 대명사였던 큰스님을 뒤로하고 돌아오는 길이 왠지 서운하다. 차 속에서 염불을 하면서 현전일념과 하나 되니 염불삼매에 들어간다.

아미타불 어느 곳에 계시는가
마음 길이 끊어지고
끊어졌다는 생각마저 다하여 무념처에 이른다면
온몸에서 금색광명을 나투리라.

붕어빵집

연이틀 밤낮없이 퍼붓던 장대비가 그쳤다. 잠시 비가 그친 사이 손님을 맞으러 배터에 있는 붕어빵집에 앉았다. 교회에 다니는 올해 환갑을 맞은 아주머니는 마치 목사님을 내하는 듯 항상 나를 반갑게 맞이해 준다.

오늘은 참붕어 아이스크림 두 마리를 주면서 지난해 겨울 허리를 다쳐 고생했을 때 내가 가르쳐 준 요가 동작을 계속한 덕분에 지금은 완치되었노라고 감사하다고 했다. 그러고는 마침 주변에 고생하는 친구가 있어 가르쳐 주었더니 효과를 보았다고 했다. 또 한 친구는 병원에 가도 낫지 않는데 무슨 효과가 있겠느냐며 믿지 않았는데 지금도 고생을 한다고 했다.

그런데 이제는 어깨가 아파 팔이 올라가지 않는다고 아픔을 호소했다. 어깨를 만져 보니 돌덩이처럼 굳어 있었다. 그간 교회 새벽기도를 다넜는데 빨리 나아 귀한 손자도 업어 주고 스님이 좋아하는 붕어빵도 다시 굽고 싶다고 기도했다고 한다. 그러면서 하는 말이 육십 살까지만 붕어빵을 굽겠다고 그간 기도해서 그런지 올해 환갑이 되었는데 참말로 그렇게 됐다고 했다.

나는 하나님은 영험하신 분이기 때문에 원하는 대로 해 주시니 이제는 나으려면 힘 닿는 데까지 붕어빵을 굽게 해 달라고 기도하라고 했다. 그러고는 매일 삼천배를 하라고 했더니 깜짝 놀란다. 그래서 다시 목으로만 하는 것이니 걱정하지 말라고 말하고 전후좌우 기본으로 하여 믿고 실천하면 하나님과 부처님이 함께하니 영험이 더 빠를 거라고 했다. 붕어빵집 아주머니는 좋아하며 음료수를 덤으로 준다.

붕어빵집 아주머니를 대하면서 마음이 하나님도 만들고 부처님도 만든다는 사실을 실감한다. 목사님과 스님을 차별 없이 대하며 더욱 둥글고 원만한 모습으로 익어 가는 아주머니가 참으로 보기 좋다.

초등학생 때 구약성서를 외울 정도로 읽었던 기억이 새롭다. 아담과 이브가 선악과를 따 먹고 에덴동산에서 쫓겨나는 것이 그때는 이해가 되지 않았다. 이제 보니 선악이라는 양변을 취하게 되면 하나님인 마음을 등지게 되어 윤회의 길에서 헤매게 된다는 이치와 같은 내용이다.

그래서 다시 에덴동산으로 들어가려면 끝없이 회개하라고 했는데 이것은 한 생각 선악이 일어나면 근본 마음으로 회광반조해야 한다는 이치이다. 그러나 문제는 하나님을 마음의 다른 이름이라고 생각하면 종교의 대립이 없는데 하나님을 마음 밖의 절대자로 생각하여 오직 유일한 하나님이라고 하니 문제가 되어 대립이 생기는 것이다.

마음의 다른 이름이 하나님이요 부처님인 줄 모르기 때문이다. 불자들도 불상과 마음과 내가 하나인 줄 믿고 기도를 해야 참다운 예불이 된다. 교인들도 마음의 다른 이름이 하나님인 줄 모르고 마음 밖에 절대자 하나님을 설정하여 기도한다면 참다운 예배가 아닐 것이다.

붕어빵집 아주머니는 이러한 고급 이론은 몰라도 마음이 순수하기 때문에 목사님과 스님을 차별 없이 맞이하는 것이다. 보통 신앙인들은 편견으로 서로를 차별하지만 익은 사람들은 이렇게 순수한 마음에 닿아 있다.

요즘 전화로 수행 상담을 많이 받는다. 하지만 먼저 하심하고 순수한 마음이 되어야 도움이 될 것이다. 일상생활과 수행이 둘이 아니기 때문에 일상을 떠나 수행을 통해서 특별한 경지를 추구한다면 참다운 수행이 아니다. 그런 사람은 경지는 높을지 모르나 인간 냄새가 나지 않는다. 붕어빵집 아주머니가 빨리 나아서 귀한 손자도 업어 주고 맛있는 붕어빵도 구워 가을에 다시 먹었으면 좋겠다.

하루의 정진을 마치고 연못에 내려가 본다. 연못은 지난 세월의 이야기들이 함께 모여서 정겨움을 준다. 연꽃은 진흙 속에서 일체 경계와 함께하지만 물들지 않는 진여 자성의 의연함으로 반겨 준다. 해지는 연못은 넉넉하고 평화롭다.

물방개는 빙빙 돌며 갈라쇼를 하고 물거미는 긴 다리로 스케이트를 타지만 서로 사이를 알아 다투지 않네. 사이마다 솟아오르는 섬, 그 섬에 앉아 살포시 미소로세.

일선 스님의 산창일기

보림의 숲

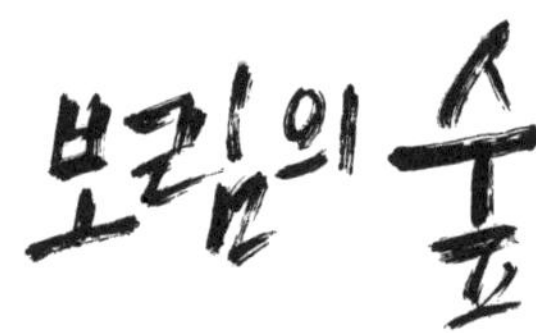

| 인쇄_ 2013년 1월 28일 | 펴냄_ 2013년 2월 4일
| 지은이_ 일선 | 펴낸이_ 오세룡 | 펴낸곳_ 담앤북스 | 등록번호_ 제 300-2011-115호
| 주소_ 서울특별시 종로구 익선동 34 비즈웰 O/T 917호 | 전화_ 02)765-1251
| 편집 · 교정_ 박성화, 허은희
| 디자인_ 고혜정, 최지혜, 정경숙
| 이메일_ damnbooks@hanmail.net
| 블로그_ blog.naver.com/damnbooks
| ISBN 978-89-966855-9-3   03810

이 책은 저작권 법에 따라 보호받는 저작물이므로 무단전재와 복제를 금지하며,
이 책 내용의 전부 또는 일부를 이용하려면
반드시 저작권자와 담앤북스의 서면동의를 받아야 합니다.

정가 13,800원